新潮文庫

ケーキ王子の名推理《スペシャリテ》

七月隆文著

新潮社版

10406

contents

ケーキ王子の名推理《スペシャリテ》

Spécialité du prince des gâteaux

Prologue

これから王子とデートする。

――よし。

未羽《みう》はブラシを置き、鏡の前でひとつうなずく。

傍らには雑誌のヘアアレンジ見本が、片ページを上にした状態で置かれている。

――けっこう、うまくできたかも。

初めて挑戦したスタイルの出来に満足し、未羽は立ち上がる。

部屋を出て、階段を下りながら、昨夜の入浴中に考えた会話ネタのストックを復唱する。

――佳奈《かな》の話と、お姉ちゃんの石狩平野カニ事件……。

なんとなく家族に気づかれたくなくて、音を立てないように階段を下りきり、玄関へ。

靴を履きつつ、そこにある鏡を見た瞬間――

未羽は、猛烈に恥ずかしくなった。

鏡に映る自分の、いつもと違う髪型。

――やりすぎ。

なにこれって言われたらどうしよう。気合い入りすぎって笑われたらどうしよう。こんなのキャラじゃないよね。

彫像のごとく鏡に向き合ったまま、一〇秒余り葛藤《かっとう》し。

引き返した。

ますます家族に見られたくなくて、そっとそっと階段を上り、部屋に戻る。

鏡台の前に座り、いつもの髪型に戻すべくブラシを握ったとき――再び葛藤。

……でも。

いつもと違うと思ってほしい。

「……あーもうっ!」

未羽は口に出すと同時に、ブラシでわっしゃわっしゃと時間をかけたヘアスタイルを崩していく。

――なんでこんなどきどきしなきゃいけないの!

――しかも、あんなやつのために!

そう。

王子は王子でも『冷酷王子』。

学校では知らぬ者のない超絶イケメン。全校女子の憧《あこが》れの的。

けれど彼は女子に対して一貫して冷たい態度を取り、誰も近づくことができない。未羽に対してもひどいものだった。

そんな冷酷王子——最上颯人《もがみはやと》に、いきなり食事に誘われた。

しかも、他の生徒が大勢見ているところで堂々と。

どうしてこんなことになったのか。

きっかけは、未羽が彼氏に振られた日に遡《さかのぼ》る。

un

ショートケーキ

1

自由が丘で振られた。

有村《ありむら》未羽は、二度目のデートでつい今しがた、彼氏に振られてしまった。

季節は冬。正月明けからあっという間の、一月の末《すえ》。

行きかう人々にティッシュが配られ、ネットカフェの看板持ちが寒さに耐える、洒落《しゃれ》た駅名のわりに平凡な自由が丘駅の正面口で、今しがたフリーになった女子高生が愕然《がくぜん》と立ちつくしている。

——また。

——またやってしまった……。

未羽はそこそこの進学校に通う、いたって普通の高校生である。

クラスのグループのつながりで先輩の男子たちと遊びに行き、そのうちの一人にアプローチされ、付き合う流れとなり、無難に初デートを経た二度目の今日、未羽たっての希望でスイーツの聖地、自由が丘にやってきた。

未羽はケーキが大好きである。前々から行きたいと思っていた有名店をリストアップし、厳選し、気合充分で聖地入りした。

そして最初に入った有名店で、とある癖を出してしまい、結果——フリーになった。

——自由が丘だけに。

未羽はぼんやりと自虐《じぎゃく》ネタを思いつく。

バス停そばのベンチに座りながら、未羽はぶるりと体を震わせた。晴れの午後といえ、じっとしていれば冷気が芯《しん》に染《し》みてくる。

寒い。

さびしい。

かなしい。

未羽はマフラーに顔を埋めるようにして吐息をついたあと、軽く反動をつけて立ち上がり、人の流れに混じった。

こういうとき、未羽は昔からどうするか決めている。

とびきり美味《おい》しいケーキを食べるのだ。

未羽はスマホの地図を見ながら、リストアップしていた店に向かっていた。

モンサンクレールで『セラヴィ』を食べる。

メディアに多数登場した辻口《つじぐち》シェフの営む有名店の看板ケーキ。自由が丘に来たからには、やはり押さえておきたい。

セラヴィはフランス語で「人生ってこんなもの」という意味らしい。

——今のわたしにはぴったりね。

ハハッ……と乾いた笑いを心の中で洩《も》らす。

駅前から少し歩くと街並みが落ち着いて、小洒落たブティックがちらほらとのぞくようになる。そのウインドウに「ＳＡＬＥ」と書かれた赤いステッカーがべたべたと貼《は》られているのはありがたくはあるものの、景色を眺める分にはちょっぴり残念でもあった。

いつのまにか住宅街に入り、まさに閑静という表現のふさわしい空気感になる。その道を歩いていても、観光中らしきグループとすれ違う。

小さな時計台のある欧州調の建物の子供服店があり、オフィスらしき建物の青いガラス壁にひたひたと水の流れる演出が施されている。なんでもない場所がお洒落だった。

さすが自由が丘。未羽はそんなふうに感心する。

途中で左に曲がり、狭い車道に出て、そのゆるい勾配《こうばい》を上っていく。目指す店はこの通り沿いにあるはずだ。

ふと、本来は彼氏と行くはずだった事実を思い出し、またへこむ。

そうして沈んだ気持ちで歩いていると――

……あれ？

気がつくと、未羽は大きな交差点に差しかかっていた。

国道らしき広い道路が横たわり、その向こうにはデニーズと五右衛門《ごえもん》パスタがある。

信号は赤。目の前の横断歩道の上を、車が絶え間なく通過している。

未羽は振り返った。おかしい。この道沿いだと思ったのに。

スマホで確認しようとしたとき、信号がぱっと青に変わる。まわりの信号待ちしていた人たちがいっせいに渡りだす。

それで未羽も、なんとなく渡ってしまった。

デニーズの駐車場に駐《と》まっている車までが、高級そうな外車ばかり。

さすが自由が丘。

再び思いつつ、この先にはなさそうだという確信を強めていく。どうやら通り過ぎてしまったらしい。

さすがに引き返そうと思った、そのとき。

「おお……」

広がった景色に、つい声を出す。

まっすぐな長い下《くだ》り坂。

それは本当にまっすぐまっすぐ、下りきったさらにその先まで伸びていて、眼下の町並みが一望でき、道の果てに――茶色い山のような大きなマンションがそびえている。

ドラマで使われそうな、非日常の絶景だった。

見とれながら、末羽はこの坂を下りていきたい誘惑に負け、進んでしまう。

歩くペースで徐々に変わっていく景色を眺めながら、小学校のわきを過ぎ、坂を下りきると。

桜並木に出た。

住宅街を貫く、広い道の中央にずっと続いている。

今は冬だから黒くて細い枝が寒そうに伸びているばかりだけど、春になったら夢みたいにきれいだろう。

両わきに並ぶ家々の窓から、ベランダから、いつでも桜が見える。外に出るたび、包まれるだろう。

こんなところに住めたら素敵だろうな。

末羽は思いながら、並木を歩いていく。

家はお洒落だったり、趣があったり、古かったり新しかったりするけど、落ち着いた空気の中で静かに調和していた。

さすが自由が丘だと三度《みたび》感じながら歩いているうち、すっかり当初の目的を忘れていたことを思い出す。こんなことなら先に駅近くの『パリセヴェイユ』に行けばよかったということもよぎりつつ。

――ああ、なんかもういいや……。

モチベーションがうやむやに散っていき、同時に、がんばっていた自分自身に気づく。せつなくなる。

今日はいろいろ見れたし、これでよしとしよう。

ふらふらと歩きながら、駅に戻ろうと曲がり道を探す。

と――。

みつけた曲がり角の奥に、目が吸い寄せられた。

何かがある。

それがなんなのか、ここからではわからないけれど、たぶん何かのお店。とてもいいにおいのする店だ。

未羽は並木道を出て、その曲がり角に入っていく。

2

明るいブラウンの木と大きなウインドウを組み合わせた店の外観は、すっきりと洒落た雰囲気がある。

金のプレートに『Mon Seul Gâteau』と書かれたその門構えからは上品な甘い香りがしてくるようで、それは女子を惹《ひ》きつける特有の気配を漂わせていた。

間違いない。

ケーキ屋《パティスリー》さんだ。

未羽は躊躇《ためら》ったあと、勇気を出してアンティーク調のドアノブを握る。磨《す》れた金属の、ひんやりとしつつ温かみのある手ざわり。

ノブを捻《ひね》り、ドアを引いたとき——未羽は不思議な感覚に襲われた。少しだけ違う世界に足を踏み入れていくような、おとぎ話の主人公になったような錯覚に包まれた。

おずおずと入口をくぐる。

店の中は、やさしくて甘い香りがした。

明暗のブラウンで統一された内装は、甘い香りと相まって上質な焼き菓子を彷彿《ほうふつ》とさせる。正面のショーケースはつやつやとして、ムースに載ったジュレ《ナパージュ》のようだ。

隅々まで手入れの行きとどいた清潔感のある店内。壁の飾り棚には、心の和む小物類が並べられていた。

――ああ、ここは絶対に美味しい。

未羽は体の奥から希望が湧《わ》いてくるのを感じる。

そのとき、ガラス越しの厨房《ちゅうぼう》に人影が現れた。

白い制服《コックコート》を着たパティシエが、腕の腱《けん》を伸ばしながらすたすたと台の前までやってくる。

と、こちらに気づく。

彼の顔を見た瞬間――未羽は心臓が止まりそうになった。

綺麗《きれい》で涼しげな目、すらりと伸びた手足、彼のまわりだけ空気がいっそう澄んでいるような光るオーラと、清潔感。

最上颯人《もがみはやと》。

未羽が通う高校の人気ナンバーワン男子。

学校の女子から『王子』と呼ばれている。

彼は未羽を見てちょっと困ったふうに眉《まゆ》をひそめ、厨房から出てくる。

ドアを開けたとき、その表情には、客に都合の悪い事実を伝えるときの丁重さが貼りつけられていた。

彼は未羽のことを知らない。同じ一年だけど、クラスは違う。彼は王子だけど、未羽は取り立てて何もない一女子だ。モブだ。

「すみません」

王子の声が、こんなに近くから響く。

目の前にいた。もちろんこんな距離は初めてだ。というより、認識されたことが初めてだ。

王子の目に今、自分が映っている。

どきどきする。どきどきしすぎて、胸だけでなく耳まで一緒に動いてるみたいだ。熱い血がぐるぐる巡って、頭の芯がぼぅっとして、現実感がなくなっていく。

「今日はもう――」

「王子……」

未羽はほとんど無意識につぶやいていた。

一瞬の間が生まれる。

彼は言葉を止めたあと、瞳《ひとみ》にふっと理解を浮かべる。未羽が同じ高校の人間だとわかった。

とたん。

「おい」

声がずしりと、重くなった。

接客の態度が消え失《う》せ、据わった目で未羽を睨《にら》みつけてくる。

未羽は思わず後じさった。

王子が逃すまいとするように前に出てくる。

背中に固いものがぶつかった。

壁に追いつめられた。

「……、……」

視界ぜんぶが彼にふさがれている。広い肩が照明を遮り、影になっている。

ずっと上からこちらを威圧的に見下ろす――息を飲むほど綺麗なまなざし。

未羽はパニックになりつつ、

――か、壁ドン⁉ 壁ドンくる⁉

そんなことを連想する。

彼は動かない。

――こない‼

「お前、池上高校の生徒か？」

「……は、はい」

「絶対に言うなよ」

「へ？」

「俺がここで働いてること、誰にも言うな。絶対に」

……なんで？　と未羽は思った。

「えっと……なんで」

言い終える前に彼の右腕が頬をかすめ——後ろの壁にバンッ！　と手のひらがつく音がした。

——きた————————っっ!!

「絶対言うな。わかったな」

凍えるほど冷たい表情で言う。

未羽は怯《おび》えた小動物の必死さで、こくこくっ！　とうなずいた。

すると、彼の体が後ろに引き、壁をついていた腕が下りる。空気が動いて、白い制服についた甘い匂《にお》いが鼻をくすぐった。

密接してこもっていた彼の温度が散っていくのを感じ、その名残を追うように彼の首元に目をやる。さりげなくたくましい顎《あご》のラインと、喉仏《のどぼとけ》。

「わかったら出ていけ」

突き放した響き。彼の態度には、普通の男子が感じさせる女子への遠慮がまったくなかった。

——噂《うわさ》、ほんとだったんだ。

『王子は女子に冷たい』

浮いた話は一切ないし、彼のファンクラブ的な女子たちが接触を試みてもガン無視。以前告った女子が、ひどいことを言われた噂も広まっている。

それ以来、最上颯人は王子は王子でも、『冷酷王子』と称されるようになっていた。

「……あのっ」

本来なら未羽も「わかりました」と速攻で出ていくところだ。でも——

「ケーキ買いたいんです、けどっ」

どうしても、ここのケーキが食べてみたい。

絶対に美味しいと未羽の勘が告げている。簡単に引き下がるわけにはいかなかった。

だって、ここのケーキなら叶《かな》うかもしれない。久しぶりに、あの感覚になれるかもしれない。これはきっと、そのための出会いだ——。

「無い」

「…………は？」

「さっき、売り切れた」

「…………」

未羽は彼から視線を外し、そっとその後ろにあるショーケースを覗《のぞ》く。

ない。

ケーキが、ない。

未羽は彼をかわし、早足でケースの前に行く。べたりと張りつく。

……一個も、ない……。

透きとおったガラスの向こうには、何も載っていないトレーが白のＬＥＤを無機質に照り返している。

ケーキ屋さんのショーケースにケーキがひとつも入っていない状態を見るのは初めてだったから、いっそう空っぽさが際立《きわだ》つ。

未羽は廃墟《はいきよ》を目《ま》の当たりにしたような心地だった。

「おい」

後ろからの声にのろのろと振り向くと、彼が顎で出口のドアを示した。

「出ていけ」

………。

未羽は何も応《こた》えられずに、ふらりとショーケースに向き直る。

空っぽ。

未羽は、とてもかなしくなった。

彼氏に振られた痛みと、やらかしてしまった自己嫌悪《けんお》と、歩き回った疲れと、昨夜うきうきとした気持ちで一生懸命行く店を決めていたこととか、ここのケーキに希望が灯《とも》って、でもそれがなくて、王子が冷たくて、空っぽで……そんないろいろな感情が胸の奥からまぶたまで一気にこみ上げてきて。

…………う、

「うわあああああ」

号泣してしまった。

目の奥から熱い塊がぼこぼこと落ちていく。

手のひらでぬぐう。鼻が詰まる。泣いている自分によけい泣いてしまう。

「おい……」

隣に来た彼が、泣きじゃくる未羽を持て余したように見下ろす。

どうして泣いているのかわからないだろう。あるいは、ケーキがないだけの理由で泣いたと思っているかもしれない。だとしたら悔しかった。

そのとき、厨房の扉が開いた。

「おっと」

そう言って、眼鏡をかけた大柄な男性が歩いてくる。

「何事だい、颯人？」

3

目の前に、紅茶のカップが置かれた。

未羽はイートインのテーブルに腫《は》れた目をして座っている。

「あ……ありがとうございます」

恐縮する未羽に、眼鏡の男性――青山大《まさる》が微笑《ほほえ》む。

彼はこの店のオーナーだという。歳は三〇前半だろうか。背がとても高く肩幅が広いけれど、威圧感はまったくない。穏やかで知的な雰囲気の人だった。

「すみません。本日はたくさん買って頂けるお客様が多くて」

丁寧な物腰は、とても大人の男性という感じがする。

「い、いえっ。……いただきます」

未羽はカップを手にし、口許《くちもと》に寄せた。

わ、と驚く。すごくいい匂い。

アールグレイ。けれど花の香りが透きとおっていて、これまで飲んだどれよりも上質だとわかる。

口に含むと……ふくよかな香りが広がり、上品な甘みが喉に染みていった。

「すごく……おいしいです」

「ありがとうございます」

青山が、にこりと笑んだ。

お茶がお腹《なか》の奥に届いて、温まった感じがする。すっかり落ち着いた自分に気づいた。

と――ウインドウ越しに、厨房で動く颯人の姿が目に入る。

シンクに積まれた手鍋《てなべ》、ボウル、計量カップなどを黙々と洗っていた。

「颯人を知っているんですか？」

青山が聞いてくる。

「あ、はい、同じ高校で。クラスは違うから、話したのは今日が初めてですけど……」

未羽はもじもじと言って、

「最上くん、ここで働いてるんですか？」

「ええ。去年の四月から」

――ということは、高校に入ってすぐ……？

洗ったものを拭《ふ》いたかと思うと、今度はひと抱えもある大きさの尖《とが》った形のボウルを持ってきて洗い始めた。端で見ていても、すごい重労働だ。

「がんばってますよね、彼」

「は、はい」

「いきなり押しかけてきて『弟子にして下さい』って言われたときは正直、どうしようかと思ったんですけど」

そのときを思い出したふうに苦笑する。

「弟子……？」

未羽は思わず颯人を見て、それからまた青山に向き直った。

では彼は師匠ということになるのか。

師匠と弟子なんて、テレビでお笑いの人が言うのを聞くぐらいだ。そういうものに同じ学校の人がなっているというのは、ちょっと不思議な感覚だった。

ガラスの向こうで颯人が作業を続けている。

筋張った腕を懸命に動かす姿は、学校では見たことのない熱の伝わるものだった。

王子のこんな真剣な表情、未羽は初めてだったし、たぶん誰も知らないだろう。内緒にしているっぽかったし。

そんな王子の知られざるプライベートを、未羽はレアさを自覚できないくらいぼぅっとみつめ続けている。

「じゃあ、最上くんはパティシエを目指しているんですか？」

「ええ。世界一のパティシエを」

「えっ……？」

驚き、青山に振り向く。

「世界一ってどうやって——あっ、大会！　大会あるんですよね？　テレビで見たことあります！　チームで世界対抗戦みたいなのをやるんですよね。じゃあ最上くん、それに——」

瞬間、颯人がギロッと睨みつけてきた。

こわばる未羽。颯人が厨房から出て、無言でこちらに向かってくる。イケメンの不機嫌顔はものすごく怖かった。

「黙れ。気が散る」

「ご、ごめんなさい！」

「そもそも何故《なぜ》まだいる。さっさと帰れ」

「う、うん……。……あのっ、最上くんすごいんだね。真剣で。ケーキ屋さんの洗いものって大変なんだね、あんな大きいボウルとかわたし初めて見た」

「そうか。珍しいものが見れてよかったな。一方俺は、幼稚園児の社会見学に付き合わされた気分だ。じろじろ無遠慮に見てくる視線やわめく声が失敗したケーキのように不快だった。つまりお前は、生ゴミだ」

「ひど!?」

噂は欠片《かけら》も間違ってなかった！

「颯人」

青山がやんわりとたしなめる。

「言い過ぎだよ。有村さんに謝って」

だが、颯人は聞こえなかったふりでやり過ごそうとする。

「颯人」

穏やかなまなざしのまま繰り返す。

すると颯人は耐えきれなくなったふうにこめかみのあたりを掻《か》き、いまいましそうに未羽を見て、

「……………すみませんでした」

頭を下げる。そのふてくされた感じは、まるで小学生だった。

――ぷっ、かわいい。

ギロッ！　と睨まれた。

「ひぃっ⁉」

青山が困ったような笑みで後頭部に手を当てる。

「でも有村さん、どうしてこんな所に？」

未羽に聞いてくる。

「このあたりは、地元の人でもないとまず来ないのに」

「……ええと」

なんと答えるべきか迷う。いろんな偶然やいきさつが積み重なった結果だ。しいてきっかけを言うなら……

「モンサンクレールに行こうとしたんだろ」

どきりとした。

振り向くと、颯人と目が合う。未羽の反応を見取ったふうに、彼はにやりと笑った。

「だとしたら、あとは簡単だ」

道筋を作るように、右手を軽く前にやる。

「スマホでも見てるうちに店を通り過ぎて、あれ？　と思いつつも目黒通りの交差点を渡り、坂の景色を見て下りていきたくなって、並木道をぼーっと辿《たど》ってるうち、偶然この通りが目に入った」

「…………」

未羽は心底驚く。どうしてわかったんだろう。

「いかにもバカがやりそうなことだ」

「バ、バカじゃないよ！」

「でも当たってるんだろ？」

「……そう、だけどっ」

「あんな道沿いの店、見逃さない。普通はな」

「まあまあ。あの道は窮屈《きゅうくつ》だし、見えづらい部分はあるよ」

青山がフォローしてくる。

「師匠、見逃したことあるんですか」

「……ないけど」

——頼りの人まで。

「わ……わたしだって普段はもっとちゃんとしてます！　今日はちょっと事情があって、注意が散漫になってたっていうか」

「男にでも振られたんだろ」

「……っ⁉」

心臓が止まりそうになった。

「…………なんで？」

若干怯えて聞き返す未羽を、颯人が鼻で笑う。わからないわけがない。そんなふうに指さしてくる。

「まずはその服装。明らかにデート仕様だ」

「えっ」

「たしかにそれはわかるね」

わきに立つ青山も言う。改めて指摘されると気恥ずかしい。

「加えて、店に入ってきたときの沈んだ空気感と、いきなり泣きだす情緒の不安定さ」

「……泣いたの、八割あなたのせいなんですけど」

「この店を発見した経緯と合わせれば、状況は、こうだ」

——スルー!!

「自由が丘にデートに来たが振られてしまった。だがせっかく来たので、予定していた店に一人でも行こうと思った。店を通り過ぎて、ノコノコこんな所までやってきた。——何か違う点は?」

「…………」

さっきから手品でも見せられている気分だ。彼はなんでそこまでわかってしまうのだろう。まるで、ドラマに出てくる探偵みたいだ。

「失恋したからケーキのやけ食いか。くだらない。典型的なスイーツ女子の……」

言いかけて止め、未羽《やや》に向かって真顔で、

「スイーツに謝れ」

「あんたが言ったんでしょ!?」

「颯人」

青山がたしなめると、颯人はばつが悪そうに顔を逸《そ》らす。いたずらがバレた子供のようだ。

「恋愛は、くだらなくなんかないよ」

言って、ティーポットからお代わりを注いでくれる。冷めかけたカップから、また温かな香りが立ち上った。

「そっか。それはつらかったね」

「いえ……」

やさしくされると、なんだか泣きたくなる。

「わたしが悪いんです。エクレアの皮でブチギレちゃったから」

「エクレアの皮？」

「そうなんです」

未羽が、さっと振り仰ぐ。

彼女の中で、とあるスイッチが入った。

「駅前のお店に彼——元彼と入ったんです。そこでエクレアを頼んだんです。店員さんが人気あるって言ってて、しかも普通のエクレアじゃなく、半分に割ったシュー生地にたっぷりの生クリームとスライスした苺《いちご》を並べた、珍しくもそそる見栄《みば》えのもので、すごく美味しそうだったから」

エクレアのくだりから、声に熱がこもりだす。

「チョコと苺と生クリームですよ？　美味しいに決まってるじゃないですか。それで出てきて、わあってテンションが上がって、ナイフとフォークで切り分けるのが難しかったけど、なんとかきれいに取って食べたんです。最初は『エクレアと苺ってこんなに合うんだ！』って思いました。でも――――皮の臭さが!!」

未羽は燃え上がった。

「エクレアの皮が、湿気ったような、嫌な空気を吸っちゃったような臭さで、台無しだった！　チョコはいい！　濃厚でほどよくビター！　カスタードもいい！　口ざわりが滑らかで卵の香りを主張してないけど、さらっとあっさりしてていい感じ！　中でも生クリームは絶品で、苺もよかったから、しまったこれはショートケーキを頼むべきだったと後悔したわ！　でも！　でも!!　それらのいい要素を皮がぜんぶ台無しにしてた!!　わたしが食べたのがたまたまそうだった？　それにしたってダメよ!!」

そこまでひと息に言って、はーっ、はーっ、と肩を上下させる。

そして――――我に返った。

目の前で、青山がきょとんとしている。

――あ、またやっちゃった……。

そう。これが未羽の持つ「とある癖」だった。

「わたし、ケーキのことになるとすごくムキになっちゃって……たまにやらかすんです」

自嘲《じちょう》の笑みを浮かべる。

「……こんな感じで、彼にも振られちゃいました」

「たしかにあそこのシュー生地は不味《まず》い」

颯人が腕組みしながら言った。

「看板のモンブランはいいんだがな。クラシカルなマロンクリームで、最初はいかにもお菓子めいた甘さを感じるが、じわじわと栗《くり》本来のざらついた質感や風味が出てくる」

「そうなの！」

未羽はぐいっ！　とうなずく。

「口の中に残ってくる後味が甘くて上品で官能的！　ずっと残してたいし、でも飲み込んでしまいたいっていうジレンマで！」

「中に入った栗も、安っぽい栗きんとんと思わせておいて、栗の生《き》の味や野趣がきちんと残されている」

「たしかに！　実は最初にモンブランを食べて、すごくテンション上がったのよ！　で、エクレアでだだ下がりして、でもここの苺と生クリームとスポンジは美味しかったから、それを組み合わせたショートケーキは間違いないと思って、追加で頼んだの！」

「頼んだのか」

「我慢できなかったの！」

「男とのデートで、三個目のケーキを追加で頼んだのか」

「……我慢できなかったのよ」

言い訳すると、足りなかったのではなく、気が済まなかったのだ。

「でも、結局食べてない。直後に別れ話されたから……」

そのとき、颯人が青山に振り向く。彼がこちらを微笑ましそうにみつめていた。

「なんスか、師匠」

「颯人がこんなに女の子と話すのは初めてだなと思ってね」

「そんなことないです」

無愛想に目を逸らす。

あれ、もしかして照れてる？　未羽がほんのり思ったとき、颯人がこっちを向く。いかにもバカにした皮肉っぽい笑みを浮かべて、

「こんなケーキバカ、女子のうちに入んないですから」

「ケーキバカ⁉」

青山がやれやれと肩をすくめる。

——ちょっ、「颯人」ってたしなめて下さいよ青山さん！　さっきみたいに！

未羽はぷんすかとなりつつ、紅茶を飲んだ。

「ごめんね有村さん。ケーキがひとつでも残っていればよかったんだけど」

「い、いえ……」

「でも話を聞いててわかったけど、本当にケーキが好きなんだね」

「はい、大好きです」

「——じゃあ俺、戻ります」

颯人が青山に会釈《えしゃく》し、厨房の扉に向かう。

「ケーキはいつも、悲しい思い出をいい思い出に変えてくれたんです」

背を向けた颯人の足が止まる。

「どういうこと？」

青山の眼鏡の奥のまなざしが興味深そうになる。

「あ、いえ、そんなたいした話じゃないんです」

未羽は手のひらを振りつつ、

「わたし、従兄弟《いとこ》のお兄さんが初恋の人で、だからお兄さんが結婚するってなったとき、すごく落ち込んだんです。式の日もずっと悲しかったんですけど、でも……披露宴で出たケーキがものすごく美味しくて！」

あの日の感動がよみがえる。

「いつものスーパーやケーキ屋さんのやつとはぜんぜん違って、食べてる間中うきうきして……悲しかったのが、すぅっと溶けていったんです。だからその日は、初恋が終わった悲しい日じゃなく、びっくりするほど美味しいケーキを食べた幸せな日になりました」

青山が、ゆっくりとうなずく。

「それはケーキ職人として、冥利《みょうり》に尽きるね」

「そういうことが中学のときにもあって……。わたし、失恋してどん底になるたび『なにこれ』ってケーキに出会って、救われてきたんです」

偶然だと思うんですけど。と、はにかむ。

すると、颯人が溜息《ためいき》をつく。

なんだ、結局恋愛の話か。そんな声が聞こえた気がした。

そうだよ悪いか。

颯人がまた歩きだす。

「なにこれ、っていうケーキかぁ」

青山が腕を組み、天井を仰ぐ。

「たしかにそういう経験はあるよね。こんなの食べたことない、って」

「ですよねっ」

未羽はぱっと身を乗り出し、だがほどなく、苦笑いになる。

「……でも、もう難しいかもです。わたしもいろいろ食べてきて、自分の中のハードルが上がっちゃったから」

　ぴた、と颯人の足が再び止まる。

「あれって子供の頃だからなんですよね。経験が少ないから、すぐ『なにこれ』ってなれる。今まで食べてきたものとはレベルが違うって、革命みたいな。……そういうのって、わたしまだできるのかな。難しいんじゃないかって気がします」

　そう溜息まじりに言い終えたとき……颯人が、立ち止まったままであることに気づいた。

　どうしたんだろう。

　青山が彼に振り向き、

「どうしたんだい、颯人？」

　ちょっと楽しげな表情で聞く。

「なんでもないです」

　背を向けたまま答える。

「火がついた？」

　一拍置いて——

「そんなわけないじゃないですか」

そっけなく言って歩きだす。

「有村さんをびっくりさせる自信がない？」

ぴた……。と止まった。

くるっと振り向いてくる。

仏頂面《ぶっちょうづら》で青山をみつめ……

また背を向けた。

「……………………ありますけど」

ぼそりと言った。

「いい修行になると思うよ」

「……それは師匠命令ですか」

「そうなるね」

青山は穏やかに首肯する。

「彼女の今日という日を幸せな思い出に変えられるケーキを作ってあげて。彼女のためだけのケーキを」

颯人がゆっくりと、こちらに振り返った。

未羽を見てくる。

じっと、顎に指を当てながら、鋭いまなざしで。

未羽は緊張で息が詰まる。

彼はふいに姿勢をほどき、すたすたと厨房に入っていく。

ほどなく戻ってきて、未羽の目の前に立った。

「口を開けろ」

「え？」

彼が、手に握っているものをもう片方の手でつまみ上げる。

白いマシュマロだった。

「開けろ」

有無をいわさぬプレッシャー。

未羽はほんの少し口を開ける。と、颯人は舌打ちし、

「もっと！　あーん！」

——あーんて。

ツッコみつつ、あわてて口を開けた。

マシュマロが放り込まれた。

もう一個。

「……ッ？」

目を白黒させる未羽に、颯人は淡々と、

「食え」

言われるままに、食べた。

――あ、トロッとして美味しい……。

もぐもぐと食べている顔を、彼が無言でみつめていることに気づく。動物の生態でも観察しているようなまなざしで。

恥ずかしくて、いたたまれない気持ちになる。

と――彼があっさり背を向け、厨房に入っていく。

ガラスの向こうで腕の腱を伸ばす彼を、未羽はぽかんとみつめる。

今のは、なんだったんだろう？

4

颯人が厨房に入り、材料と調理器具を手際よく台に並べた。

ボウルに卵を小気味よく割り入れ、グラニュー糖を投下、泡立て器《ホイッパー》で軽く混ぜる。

——わ、さすが慣れてる。

回すというより前後にこするように動かし、手首を返して側面の卵液を混ぜる。縁をこする軽快な音がこちらまで聞こえてきそうだった。

と、別の大きなボウルに熱湯を注ぎ、卵のボウルをそこに乗せ、また混ぜ始める。

「あれは……？」

「湯煎《ゆせん》してるんだよ」

青山が答える。

「卵を？」

「そうした方が、よく泡立つんだよ」

「へえぇ」

未羽はまじまじとガラス越しの作業をみつめる。

——ううむ。

性格は最悪だが、真剣に打ち込む彼はやはりかっこよかった。

「もっと近くで見てみる？」

「えっ？」

青山が厨房の扉をくぐった。未羽はおずおずとついていく。中に入った瞬間、颯人が、
ギロッ！

——ですよね！

「……師匠」

「大きな大会では、取材のカメラが入ることも珍しくないんだよ？」

青山はゆったりと微笑みながら、

「これも修行だよ」

「…………」

颯人は苦虫を嚙《か》みつぶした顔で黙り込み、もう一度、八つ当たりっぽく未羽を睨んだ。

卵液を湯煎から下ろし、ハンドミキサーを用意する。

——あ、やっぱり使うんだ。

ケーキ作りは手作業という幻想があったので、ちょっぴり残念なような気持ちになった。

とはいえ、卵を泡立てるのは大変だし、こちらの方が合理的だ。クオリティも上がる

のだろう。ケーキ作りも、多少はこういう無機質な一面が、
ギュイイイ――――――――ン!!　ガッガッガッガッ!!

――えええええっ!?

未羽は驚く。ミキサーの音が想像よりずっと大きく、ボウルの底にもゴリゴリ当たる。

颯人は肘《ひじ》を張ってミキサーを構え、ダイナミックに前後に動かしていた。

――なんか、ケーキっていうより……大工さんみたい。

そう思うと、ボウルの中で膨張してきた黄色いものが、壁に塗るモルタルみたいに見えてきた。あの表面の粘り具合がそっくりだ。

そこに薄力粉をふるいを叩《たた》いてばっさばっさと落とし、ゴムべらで混ぜていく。もう完全にセメント的なやつだ。ぜんぜん食べ物を作っている光景に見えなかった。

颯人が、混ぜる手首を返したところで腕を止め、ヘラから垂れる生地をじっとみつめる。

混ざり具合を確かめているのだろうか。未羽が思っていると、彼がいきなり振り向いた。

無言でみつめてくる。プレッシャーに耐えかね「なに?」と聞こうとしたとき、くるっと元に戻る。

そして生地をさらに二回だけ混ぜた。

——？

青山に目で問うが、彼はあえてというふうに受け流した。

型に流し込んだ生地を、予熱を終えた業務用オーブンに入れた。

「颯人、あとどれぐらいかかる？」

青山が聞くと、

「一時間ぐらいです」

するとと青山が顎に指を添え、

「それは、あえて？」

「はい」

「なるほど」

なんだろうと思う未羽に、青山が振り向いてくる。

「もう暗いけど有村さん、時間大丈夫？」

気がつけば五時過ぎ。外はほとんどまっ暗だ。

「はい、ぜんぜん！　今日は本来ならデートだったんで、ノー予定です！」

つい自虐《じぎゃく》ネタを言ってしまい、勝手にへこんだ。

焼き上がった平らなスポンジを、小さな円の型で三枚、くり抜いた。

パレットナイフで表面にホイップを塗り、スライスした苺を敷き、上にもう一枚スポンジを重ねて同じことを繰り返す。

――あれ、これって……苺ショート？

三枚重ねたあと、回転台を動かしながら側面にクリームを塗っていく。それはもう本当に――

「建築……みたいですね。ちょっと」

未羽が笑われるかなと思いつつ言うと、意外にも、そうなんだよという反応。

「よく似ているんだ。形を作るのもそうだし、味の組み立てという意味でもね」

颯人がホイップの絞り器を持って、仕上げのデコレーションにかかる。

白く平らな面にクリームを絞り出すと、急にケーキらしくなってきた。

苺を載せるともう本当に美味《おい》しそうになって、彼の指先が鮮やかな手品を披露しているようだった。

イートインスペースに戻った未羽のもとに、颯人が完成したケーキを持ってくる。

テーブルに置かれたのは――やはりショートケーキだった。

円形で、カットした苺が非対称《アシンメトリー》に飾られている。まるでホールケーキを一人分にまで小さくした感じだった。

白と赤の対比がとても鮮やかで、美味しそう。

テンションの上がる未羽を、颯人が冷たく見下ろし、

「食え」

——エサみたいに言うな。

内心ツッコみつつ、しかし未羽はケーキを見つつ口の中がじゅわっとなっていた。

「……いただきます」

フォークを手にし、ゆっくりと——写真撮りたかったたと思いつつ——ケーキを切ろうとする。

「待て」

颯人が止める。

「このへんに、上からまっすぐ刺して持ち上げればいい」

「え？ でも」

「いいから」

未羽は言われたとおりに、颯人の示すあたりにフォークを突き、持ち上げた。

「！ あ……」

フォークの先に、一ピース分にカットされたケーキがくっついてきた。あらかじめ中のスポンジが切られていたのだ。

「ケーキって、食いにくいだろ」

颯人が腕組みしながら言ってくる。

「すぐに形が壊れるし、ショートケーキだと何口か食べたら重みで後ろに倒れたりする」

「あるある！　後ろに倒れるの、ある！」

「だからこうしてあらかじめ切っておけば食べやすいし、形も崩れない」

「なるほど！　切れてるチーズ的発想だね！」

「お前、もう食うな」

「ごめんなさい！」

皿を引っこめられそうになり、未羽は平伏した。

「考えたね、颯人」

青山が感心したふうに言う。

と、颯人はちょっと目を見開き、ふいと逸らして唇をむずむずさせる。

それは褒められて照れた子供そのもので、未羽は童《わらべ》を愛でる清少納言《せいしょうなごん》のごときまなざしをする。

ギロッ！

「ひいっ！」

「さっさと食えよケーキバカ」

「はい！　ケーキバカじゃないけど！」

未羽は持ち上げたままのケーキを、そっと口許に寄せる。

生クリームとスポンジの香り。

――あ……。

お誕生日のにおいだ。

ふわりと胸が膨らむ。誕生日ケーキ。そう、ショートケーキは幼い頃からハッピーバースデーのごちそうのあとに食べるもの。そのにおいなんだ。

ちょうどいい一口の大きさだったから、未羽はぱくりとケーキを含んだ。

クリームが泡雪のようにすぅっと溶け、スポンジがそのあとをゆっくり追っていく。

間に挟まれた苺との相性は言うまでもなく最高で、クリームとスポンジと混ざり合い、美味しく溶け合う。そして何より驚いたのが――

スポンジが、ほんのり温かい。

「本来、冷ましてなじませた方がよくはある」

颯人が言う。

「だが、それはそれでうまいし――今まで食べたことがないだろう？」

「うん……」

たしかにこんな状態のケーキ、お店では売ってない。

ふかふかとして、卵の甘い匂いが鼻の奥に広がる。温かく膨らむ味わいが、冬の日により心地よく染《し》みた。

「食べたことない」

未羽はもう一切れをフォークに刺す。

それは最初のプレーンなものと違って、苺のスライスが一枚載っていた。

「一切れずつデコレーションを変えている。少しずつ味の変化を楽しめるように」

そう言う颯人の声は、振り向かなくても自信満々だとわかる。

でもたしかにすごいと、未羽は思った。左右非対称には、見栄えだけでなくちゃんと意味があったのだ。

このきれいな円いケーキに、たくさんの工夫がされている。

「そして、このケーキはお前に合わせて作ってある」

「……わたしに？」

「そうだ。どういう部分か、わかるか」

未羽は改めてケーキを見る。

「……ヒント」

「食え」

未羽は真剣なまなざしでケーキと向き合い、慎重にもう一切れフォークで口に運ぶ。開いた口にするりと入り、嚙むと心地よく溶けていく。未羽はまぶたを閉じながら、印象のひとつひとつを注意深く拾っていく。

——なんだろう……。

「どうだ、わかったか」

どうせわからないだろう、というニュアンスたっぷりの声。

悔しいので、未羽は何か言うことにする。わからないけど、合っている自信はないけど、個人的に感じたことが一つだけある。

「……ちょうどいい。食べてて、口の中ですごく、ちょうどいい」

言うんじゃなかったと直後に恥ずかしくなる。

だが、颯人から伝わってくる空気が思っていたものと違う。振り向くと、彼は意外そうな顔をしていた。ほう、という感じだ。

——あれ……正解？

「四〇点だな」

——微妙！

「お前の口の開き具合や嚙み方に合わせて、ケーキの大きさ、生地とクリームのやわらかさ、苺のカット、すべてを調整してある」

未羽は、はっと思い出す。
マシュマロを口に放り込まれたのは、そういう理由だったのか。
「つまり、これは……」
驚いている未羽に向かって、颯人がきっぱりとした表情で――
「お前のために作った、お前のためだけのケーキだ」
それは一瞬――異国の言葉のように響いた。
聞いたことのない意味で、とっさに理解ができない。
けれどだんだんできてきて、染みとおってくる。
――わたしのためだけのケーキ。
未羽はケーキをもう一切れ取って、食べた。
おいしい。
このケーキはまず、おいしい。
満足感があるのにしつこさがない絶妙の甘さ。いくらでも食べられそうな気がする。
こんなの、食べたことない……。
未羽の脳裏に、過ぎ去った思い出が浮かびあがる。
従兄弟のお兄さんの結婚式。
家族や親戚《しんせき》の前でけんめいに普段どおりのふりをしつつ、新婦との馴《な》れ初《そ》めのスライド写真に胸が痛くなった。知らないところで、こんなふうにデートしていたんだって。塾の合格祝い。先生が洒落《しゃれ》たパティスリーに連れていってくれた。紅茶の値段に驚いた。二人きり。狭いテーブル越し。ほのかな期待を抱いていたところに、しれっと彼女の存在を語られた。

だったらどうしてこんな思わせぶりなことをするんだと怒りを覚えつつ、とてもかなしくなった。

けれど。

けれど、そのあとに——。

「どうだ」

颯人が言ってくる。

「うまいだろう」

欠片も疑っていない、尊大なお言葉。

未羽はもう一つ、食べる。

ふわりと温かい。

駅前の寒さを思い出す。

振られたショックで茫然《ぼうぜん》とバス停のベンチに座っていたあの、鼻が痛くなるほどの寒さを。

それがこうして温められて。

嬉《うれ》しくて。せつなくなって。

涙が零《こぼ》れた。

あとからあとから、溢《あふ》れてくる。もうすっかりガチ泣きだ。

「……えへへ」

つぶやき、颯人を見上げる。頬に涙が伝う。

急に泣きだしたことに、彼は少し戸惑っているふうだった。

どうして苺のケーキだったのか。

それは、話をきちんと聞いていてくれていたからだ。

苺ショートを追加で頼んだけど食べられなかった、という、なにげないひと言を。

――わたしのために作ってくれた、わたしのためだけのケーキ。

未羽は、ぱっと笑う。

「泣くほどおいしいよ……！」

すると彼はわずかに目を瞠《みは》ったあと、きっぱり言った。

「当然だ」

自信満々の、俺様笑顔。

でもそこには得意がる小学生のような純粋さもにじんでいて……未羽の胸が一度、鳴った。

正月明けからあっという間の、一月の末《すえ》。

未羽にとっての今日は、びっくりするほど美味しいケーキを食べた、幸せな日になった。

ショートケーキ

実は日本独自のケーキ。

イギリスに元々あった「short cake」の生地を

サクサク《short》した（ショートケーキの語源）ビスケット状の硬いものから

やわらかなスポンジに置き換えるなどし、私たちがよく知る

今の「ショートケーキ」にアレンジした。

それを行ったのは、あの『不二家』だという説が有力。

ショートケーキは日本人の作った、日本で最も人気のある、

まさしく「日本のケーキ」。

そういえば色も日本っぽい。

全国の不二家などでお求めになれる。

deux

コンベルサシオン

1

その日の朝は、変だった。

未羽はいつものとおり、フライパンで卵を焼く匂《にお》いに誘われるように一階へ下りた。ダイニングに入ると、いっそう濃密な卵とバターとトーストの匂い。父の観《み》ているテレビのスポーツニュース。

ここまではいつもどおりだった。

朝食を作る母は、元ヤンという経歴が納得のいくきりっとした目許《めもと》の美人で、阪神ファンの普通のオッサンとしか言いようのない父は、宜野座《ぎのざ》のキャンプ情報を熱心に視聴している。

だから未羽も、いつものとおりに朝一のだるいテンションで言った。

「おはよ」

一瞬、空気がおかしくなった。

ように感じた。

「おはよ」

「おう」

母と父が、未羽に振り向いて応《こた》えた。

おかしい。

母はこんなときいちいち振り向いたりしないし、返事もおざなりに「んー」である。ましてや今のように微笑《ほほえ》むなど記憶にない。父に至っては、ちょうどテレビでドラフト新人が投げているではないか。振り向くことなど断じてあり得ない。

そう、いつもなら。

「…………」

未羽は若干の違和感を覚えつつも、特に何も言わず洗面台に向かう。

そこでは、姉と妹が顔を洗っていた。

未羽の家族は、両親と娘が三人。未羽は三姉妹の次女である。

姉は外見も性格も母親そっくり。短大卒ながら総合職でバリバリ働き、職場では姉御的なポジションで慕われているらしい。

妹は小悪魔系。要領がよく、中二にして自分の可愛《かわい》さを活用して生きる術《すべ》をマスターしていた。やはり母の容貌《ようぼう》を受け継いでいる。

未羽だけが、父親似であった。「未羽ってタヌキに似てるね。いい意味で」と友達に言われたこともある。

だから姉と妹が羨《うらや》ましいのだが、二人は二人で「あんたが一番ママに可愛がられてきた」とひいきされた恨みをぶつけてくる（自分ではよくわからない）。

そんな三姉妹である。

姉と妹は、洗面台の鏡の前で歯を磨いている。妹などは年頃なのか、片方の手で前髪をしきりにいじっている。未羽は「若いっていいなぁ」とか、どこ目線なのかよくわからない感想を抱く。

その二人の間に未羽も入っていくと当然、洗面台は手狭になって、三姉妹によるそれとない主導権争いが展開することとなる。

いつもならば。

二人は、鏡に映った未羽の姿を認めたとたん「！」という感じで目を瞠《みは》り、素早く左右に退《ど》いた。

「顔、洗うんでしょ？」

「ほら、未羽姉《ねえ》」

気持ち悪いぐらいのやさしい笑みを貼《は》りつかせている。

「……うん、ありがと」

未羽が怪訝《けげん》に思いながら歯磨きを始めると、姉と妹は追い立てられるようにゆすいで、テーブルに行ってしまった。

……なんだろう、これ。

思いつつ、未羽にはひとつの心当たりがあった。

今日は月曜日。自由が丘の『モンスールガトー Mon Seul Gâteau』でとびきり美味《おい》しいケーキを食べた翌日で、ついでに言うと、彼氏に振られた翌日でもあった。

未羽が食卓に着くと、家族のふわっとしつつぎこちない空気が触れてきた。

有村家では、平日の朝食は家族全員でとる習慣になっている。

母の強い意向で、「別々に作るのめんどう」という理由が第一だが、ごはんは家族揃《そろ》って食べるべし、という昔っぽいこだわりも母にはあった。

そんな母が、未羽の前に朝食の皿を置く。

スクランブルエッグ、ウインナー、サラダ、トースト。

「……？」

ちょびっとしかない。

他の家族の皿にはきちんと一人前ずつあるのに、未羽の皿には三分の一ほどの量しかなかった。

なんでと思って母を見ると、

「残していいからね」

やさしい目で言われた。

「残した分はパパが食べるよ」

父が言った。

「え、キモい」

末羽はつい本音を言った。

父はほんのり傷ついた空気を出したあと、無言でテレビを観る。

『熱愛中のカップルが、ディズニーデート！』

父が普段見せない機敏な動作でリモコンを取り、チャンネルを変えた。

母と、姉と、妹も、リモコンに手を伸ばしかけた姿勢で止まっていた。

末羽は「ああ……」という心地になった。

「さ、さー食べようっ」

母が席に着くと、姉と妹がうんうんと、ことさらにうなずく。

「いただきます」

いただきまぁす。と末羽以外が唱和。

やたら健康的な家族ドラマ状態に、末羽はツッコみたい気持ち満々だったのだが、黙って食事した。

愛犬のトラッキー（ポメラニアン♂）が「ちょうだいちょうだい」というまなざしで家族の足元を順に回っていく。

未羽の所にも来たが、トラッキーはダイエット中なのでがんばってスルーだ。

そのとき、妹のスマホがＬＩＮＥの着信を報《しら》せ、妹がその返事を打ち始める。

「翼《つばさ》、食事中にケータイいじんな」

母がヤンキー口調で注意する。

「ごめん、でも彼氏が」

はっ――妹が口を押さえる。

父と母と姉も緊迫した表情で、そっと未羽を窺《うかが》ってきた。

さながら受験生の前で「落ちる」と言ってしまったときの空気だった。

「大丈夫だから！　変な気つかわなくていいから！」

未羽はとうとう言った。

家族は面食らった反応をしたが、

「……でも、たしかに普通なんだよね」

姉が未羽を見つつ言う。

「昨日振られたって感じしない」

そうなのか。未羽は改めて指摘され、思う。

「もう次、キープしてるとか？」

妹が楽しそうに表情を輝かせる。

「実は未羽ねえの方から切り捨てた、みたいな」

すると母と姉が笑いながら、

「『ないない、未羽には』」

――ハモるな！

「……すごく美味しいケーキを食べたの」

未羽は仏頂面《ぶっちょうづら》で理由を述べた。

とたん、女家族たちの顔にあきれが広がる。

「……あんたそれ、マジなの？　ほんとに？」

「うん」

母の確認にそう答え、

「ないわー」

姉のつぶやきをスルーし、

「ほんとにそれだけ、未羽ねえ？」

それだけだ。

とびきり美味しいケーキと出会って、かなしい出来事が幸せな思い出に変わった。いつものパターンだ。

刹那《せつな》――未羽の脳裏に、彼の笑顔が浮かぶ。

美味しいと伝えたときにこぼれた、颯人の純粋な笑顔が。

――。

未羽はあせって、別のものに切り替えた。「ケーキバカ」と言ってきたときの、最高にむかつく顔。

心が静まり、軽くイラッとした感じだけが残った。

――よし。

未羽はなにか安心して、小さくうなずく。

昨日のことは、一回限りの偶然だったのだ。

たまたま入った店で、たまたま王子が働いていて、ちょっとした出来事があった。

クラスも違うし、今後話すことはないだろう。これまでと同じように。

まあ、そんなものだ。

2

学校の最寄り駅には、毎朝お決まりの光景がある。

時計台の置かれた駅前広場に、彼氏・彼女待ちのリア充生徒たちがごったがえしているのだ。

未羽の通う池上高校は駅からけっこう距離があり、その登校路がそのままデート的な位置づけになっている。

「…………」

未羽もつい先週まで、あそこの一員だった。だが今やあそこは、近寄りがたいオーラを放つ結界にしか映らない。

なので、こそこそと外側のスペースを通り過ぎようとしていたとき――友達と目が合った。

クラスのグループの二人。

茶髪ウェーブと、黒髪ロング。

彼氏を何人もキープしているありさと、最近オッサン好きに目覚めた志摩子《しまこ》、でもいい。

目が合ったからには、スルーはできない。

「おはよー」

未羽は笑顔で挨拶《あいさつ》しつつ、結界内に足を踏み入れていく。

「おはよー未羽」

茶髪ウェーブのありさが明るく言い、心配そうに眉《まゆ》をひそめる。

「大丈夫？」

「あ、うん、大丈夫、大丈夫」

昨日振られた件だ。

「ごめんねなんか。逆に気つかわせちゃって」

「ううんっ」

「ぜんぜんいいって。でもほんと、あいつひどいよね」

ありさも、黒髪ロングの志摩子も、いたわるまなざしをしてくる。

だから未羽は、話をネタの方向に振った。

「うちの家族まで気つかってさ。朝、すごい変な空気だったの」

リモコン争奪戦の話をした。

「ごめん、超うけるw」

「マンガか」

軽く盛り上がる。

もしここが教室だったら、まだまだ話を続けただろう。

でもここは朝の駅前広場で、ありさも志摩子も彼氏を待っている。二人にほんのり漂ってきた「彼氏待ってるから」という空気を未羽は正しくわきまえ、

「じゃあ」

と、ほどよく切り上げた。

「うん」

「放課後、どっか寄ろうよ」

そう言う二人に笑顔で応え、未羽はまた広場の外に出る。しばらく歩いて――

ひとつ、白い息を吐いた。


――しまった。

うっかり、カップル専用路に入ってしまった。

過《あや》ちに気づいたときは、手遅れだった。

駅から学校までは、国道沿いを歩くのが通常のルート。

だが、カップルたちはその一本奥にある狭い裏道に入っていく。

静かな道でまったり歩きたいという心理だろう。でも考えることはみんな同じで、裏道にはカップルが集中し、それ以外は立ち入れない空気ができあがってしまった。生徒なら誰もが知っている暗黙ルール。

未羽は先週まで彼氏と歩いていた習慣で、その通称「リア充ロード」に入ってしまったのだ。

——どうしよう。

焦《あせ》って、額がいやな感じにちりちりしてきた。

一度この道に入ってしまうと、途中で抜けることができないのだ。

なぜなら、狭い道で前後を挟まれてしまうから。

前方には、カップルたちの背中が一組ずつ、飛び石のごとく等間隔な距離を置いて続いている。

そっと、後ろに振り向く。

同じく、等間隔に歩くカップルたちの飛び石があった。

さながら、ベルトコンベアに載った工場製品のごとく規則正しく前進していく。

京都出身の親友が「動く鴨川《かもがわ》沿い」と評した行列の中に、未羽は挟まれたのだ。

前のカップルを追い越していくことはできない。

物理的には可能だが、空気というか「なんとなく、してはいけない」という鉄の不文律が存在する。

ちょうど見えてきた脇道《わきみち》に入って脱出することもできない。

論理的には可能だが、後ろのカップルたちの目がある。

ここで退けば、カップル空間に耐えきれず逃げ出した憐《あわ》れなお一人様と見られてしまうだろう。無様すぎる。

だから未羽にできるのは、なんでもないふうを装《よそお》って歩き続けることだけだ。

つらすぎた。

——なにやってんだろ。

集団の空気にガチガチに縛られながら、未羽は自分の状態が虚《むな》しくなった。

元彼がここにいればと一瞬思ったけど、それもなんかなと思う。

元々、ありさと志摩子の恋バナに交じらなきゃいけないプレッシャーの中で始まったことだ。「未羽ないの？　ないの？」と二人に聞かれ「……しいていうなら、あの先輩……」という流れからのセッティングで始まった交際だった。

——でもそういうものじゃん。

未羽は誰にともなく言い訳する。

そういうものに縛られちゃうよ。

そのとき——背後で空気が大きく揺らいだ。

出だしは悲鳴で途中から歓声に変わる、というふうな女子の声が聞こえてくる。

未羽は振り向き――息を飲む。

遠目でもはっきりとわかった。

それだけ他の人と違う、光る存在感があった。

颯人。

学校の冷酷王子が、カップルたちの横をなんでもない顔をしながら追い越していた。

すぐわきを通り過ぎていく王子を、女子たちはファン特有の祈るような瞳《ひとみ》をして撮影カメラのごとく追っていく。彼氏側は露骨にいやそうな顔になる。

――うわーやっぱイケメンだなあ。

未羽は完全に傍観者の心地でそれを見ていたのだが。

彼のまなざしが――自分にぴたりと向けられていた。

思わずうしろを確認する。けれど、他にそれらしき対象はいない。

そしてまた、颯人に向き直る。

間違いなく、ガン見されていた。

――え。

なんで、と思う間に、長い脚でずんずん距離を詰めてくる。いつしか未羽は立ち止まり……

彼が――目の前まで来た。

「…………」

まわりの悲鳴の混じったようなどよめきが、かすかに聞こえた。

けれど振り向く余裕はない。

青いマフラーを巻いた颯人が、ちょっと怒ってるふうにも映る表情で見下ろしてきている。

朝の寒さに少し痛い耳が、心臓の鼓動で脈打ってるかのよう。

とりあえず「おはよ」と言おうとしたとき、

「おい」

「！　は、はいっ」

なにが「はい」だと自分自身でツッコんだとき、

「週末空いてるか？」

質問の意味がとっさにつかめない。

だから未羽は深く考えずに答える。

「空いてるけど」

「そうか」

颯人は軽くうなずき、

「行きたいところがあるから、付き合ってくれ」

………へ？

未羽は頭がまっ白になった。

「だから」

颯人が頭を掻《か》き、さらさらの髪が動く。

「食事に付き合ってくれ」

――――。

理解の範疇《はんちゅう》を大きく超えた言葉に、未羽の脳がビッグバンを起こす。さながら神の第一声を聞いたジャンヌダルクのごとく。

徐々に意識の晴れ上がってきた未羽が最初にしたことは――はっと、まわりを見ることだった。

ベルトコンベアが止まっている。

等間隔に並んだカップルたちが、こちらを固唾《かたず》をのんで見守っていた。あの冷酷王子が女子と話している――顔にそう書いてあった。やりとりの内容は聞こえているだろうか、微妙な距離ではある。

「おい」

颯人の声に、あわてて振り向く。

「いいか？」

じっとみつめてくる。

「あ……うん」

未羽はぼんやりとした心地で応えた。

「そうか」

彼はまた軽くうなずき、

「よかった」

さりげなく、また未羽を揺るがした。

そんな未羽を置き去りにして、彼がポケットからスマホを取り出す。

「じゃあ連絡先」

未羽は脳を揺るがせたまま操り人形のごとくスマホを取り出し、颯人とのLINE交換を行った。女子たちの悲鳴が聞こえた気がした。

「近くなったら連絡する」

言って、彼はさっさと歩きだす。

等間隔で止まったコンベア上のカップルたちの横を、平然とごぼう抜きしていく。

未羽はその背中を茫然《ぼうぜん》と見送る。

ある程度彼の背中が小さくなってくると、一時的なショックが落ち着いてきて、それとともに凍結されていたものが一気に解凍される。
それは、颯人に食事に誘われたという事実。
……え？
えええええええええええええ――――っ!?

3

「「「「　未羽!!　」」」」

　教室に入った瞬間、女子に囲まれた。

「どういうこと!?」

「王子と付き合ってんの!?」

　次々と質問を浴びせられる。カップル専用路での一件は、ネットの速さで拡散されていた。

「いつから!?」

「どうやったの!?　何きっかけ!?」

　囲むクラスメイトたちは驚きと好奇心でぎらぎらしており、その圧《あつ》たるや凄《すさ》まじい。未羽は雛鳥《ひなどり》に囲まれたエサのごとき心地になった。

　教室に来るまでに覚悟はしていたが、予想以上だ。

　詰め寄る人群れに、隣の席の委員長、春日菜穂子《かすがなおこ》が「……あぅ」と挟まれている。それを親友のメガネ美少女、美峰理紗《みみねりさ》が母ライオンのごとく救い出していた。

　未羽はそんな光景を視界の端に見ながら、

「……………えっと」

とたん——あれだけ騒がしかったみんなが、一瞬で黙り込む。

大統領の決断を聞こうとするように、じっと注目してくる。

ものすごくやりにくい。

そのとき、教室にありさと志摩子が入ってきた。

未羽の置かれている状況もわかっていた感じで、囲む輪を「まあまあ、ここはウチらが」という顔でかき分けてくる。

「王子と話してたんだって？」

ありさの雑談めいた入り方。

「う、うん」

「付き合ってるの？」

未羽はぶんぶんっと首を振る。このクラスにも多いファンに向けて、潔白を証明しておかなくてはならない。

「そんなわけないじゃん！」

とたん、囲む輪に、ほっと緩んだ笑みが広がる。

未羽もあははと笑う。もーないって。

「じゃあ、なんで？」

「知り合いなの？」

「ええと……」

言いかけて、はっとなる。

知り合いかと聞かれれば、そうだ。

でもそれを話すと、きっかけまで話さなくてはならない。


『俺がここで働いてること、誰にも言うな。絶対に』


秘密はやっぱり守らないといけないだろう。

「――ううん、違う」

言いながら、頭をフル回転させる。考えろ。もっともらしい理由を考えろ。

「定期、定期落としてね。いつのまにか。それを王子が拾って、渡してくれたの」

なんとか自然に言えただろうか。

すると、

「なーんだ」

みんなの空気が、完全に緩んだ。

「だよね」

「ないよねー」

「未羽だし」

——ちょっ、失礼だな！

「失礼だな！」

ちゃんと口でもツッコんでおいた。

あはは、となって、みんなの話題が王子に移る。

「王子優しいね」

「意外ー」

「やば、きゅんとしたかも」

あの冷酷王子が定期を拾ってくれたというエピソードに、不良が子犬を拾った的なギャップ萌《も》えをしている。

真相を知る未羽としては、そんなギャップなどどこにも存在せず、女子に「生ゴミ」と言っちゃうような奴《やつ》なんだよとシニカルに笑うしかないのだけれど——

『食事に付き合ってくれ』

そう言った彼の声と真剣なまなざしがよみがえって……じわ、と頬が熱くなった。

――ないない。

末羽は授業を受けながら、自分に言い聞かせる。

たいした意味なんかない。

食事に誘うなんていかにもデートっぽいけど、あいつに限ってそんなことはあり得ない。

――そうよ。

きっと、どうでもいい理由というか、期待して行ったら恥かくパターンだ。

――って、期待ってなんだ！

末羽はシャーペンの芯《しん》をぼきりと折る。

――ないない。

ないない。

4

「ないと思うんだけど、どうかな⁉」

シャッ！　と試着室のカーテンを開け、未羽は親友に問うた。

放課後、未羽は駅ナカで服の試着をしていた。

親友の近衛《このえ》佳奈（京都出身）は、あきれた顔で、

「めっちゃ乗り気やん……」

とツッコんだ。

「こ、これはその……こういうのが必要かもしれないから」

未羽が試着しているのは、シックなブラウスとスカート。

もしかしたら、洒落《しゃれ》た店に連れていかれるかもしれない。そうなったとき恥をかかないようにしないといけない。こういう服を持っていなかったので、ちょうどいい機会なのだ――未羽はそういう趣旨を熱意をもって弁明した。対する佳奈のリアクションは「はあ」のみであった。

「で……どう？」

「いまいち」

佳奈はバッサリ斬《き》った。

「無理してる感がすごい」

歯に衣《きぬ》着せずズバズバ言う。この当たりの強さは京都というより大阪っぽいと未羽は思うのだが、佳奈によると「京都も大阪とそこまで変わらない」と言う。本当だろうか。京都の人が怒らないだろうか。

「じゃあ佳奈、よさげの選んでよ」

「はいはい」

二人で見て回る。

小学校からの親友である佳奈は男っ気のない、芸人みたいな空気感の子だけど、なにかにつけセンスがよく、女子力高いプロデュースもお手のものだ。ただし自分ではけっして着ようとしない。

「王子なー」

ハンガーに掛けられた服をちゃかちゃか見つつ、関西イントネーションでつぶやく。

「そんなイケメン?」

「性格めっちゃ最悪だけど」

未羽も、佳奈といるときはちょっと関西弁に引っぱられる。

「俺様オラオラ系っていうかさ、あれ、リアルだとほんとむかつくよ？　わたしのこと初対面で『ケーキバカ』とか言うし」

「ぷっ」

「え？」

「ごめんごめん」

「もう小学生みたいなんだよ。クラスに一人はいるじゃん、むかつく悪ガキ。もう、ほんとそんな感じ。空気読まない。逆にすごいって思うことも、まあ、あるけど。純粋っていうか、がんばっても、いるし、うん」

止まらない未羽を、佳奈が興味深そうに見る。

「それがいきなり誘ってきて……わけわかんない」

未羽は佳奈の視線に気づき、

「なに？」

「んーん？」

佳奈が首を横に振り、

「そもそも、なんでまた？」

どういうきっかけで知り合ったのか、と聞いてくる。

「ええと、向こうのバイト先でばったり会った的な……感じ」

親友なので全部話してもいいかと思いかけたが、踏みとどまった。

「へー」

「佳奈はどう？　あいかわらず？」

向こうの恋愛事情に振る。

「うん」

「興味なしかー」

「せやな」

佳奈はからりと笑って、取り出した一着を未羽の体にあてがった。


「これ、あれだよ！　なんだっけ……！」

「キュリー夫人！」

「そう！」

夕食後、未羽は家族全員とクイズ番組を観ていた。

毎日ではないが、こうなることは多い。誰かがテレビを観ているうち、遅れて帰ってきた他の家族があとから合流して、結局全員になるパターンもある。

以前佳奈に話すと「昭和か」とツッコまれた。未羽も自覚はある。うちの家族は仲がいい。

正解が『キュリー夫人』と出て、姉がドヤ顔をする。

そのとき、テーブルに置いていた未羽のスマホが震えた。

手元に寄せて画面を見た瞬間——心臓がばくん、と跳ねた。


『最上颯人　週末の件』


「どうしたの？」

妹がめざとく聞いてくる。

「う、ううんっ？」

とっさに画面を隠す。

「顔、赤っ」

姉が言ってきた。

「えっ⁉　そ、そんなことないって」

頬を押さえる。熱い。

はっとなってまわりを見ると、母、姉、妹が「ほほう？」というニヤけた笑いを浮かべていた。

未羽はなんだか耐えられなくなり、そそくさと立って、

「と、友達と話してくる！」

リビングから脱出した。

「ラブ臭！　ラブ臭がするわ！」

「階段の方からするわ！」

母と姉の声を聞きながら、階段を駆け上がる。その途中でまたLINEの着信音が大きく鳴り、「もー!!」と怒鳴りたくなった。

部屋に入り、ベッドにダイブ。

どきどきしながら、開く。

そこには、待ち合わせの時間と場所が簡潔に書かれてあった。

——銀座。

その駅名になんとなく緊張したとき、またメッセージが入ってきた。

『ドレスコードがあるので、それなりの格好をしてくること』

「…………」

いいお店に行くんだ。

未羽の中で様々なケースや感情が渦巻き、颯人のアイコンがおそらく自作のケーキで「上手《うま》くできた」というドヤオーラがにじんでいてむしろかわいいという、どうでもいい逃避をしているうち、はっと気づく。

——返事しなきゃ。

既読がついてしまっている。リアルタイムで受け取っていることは、向こうもわかっているだろう。

急がないといけない。

未羽は返事を打とうとして——硬直した。

どう返せばいいのか。

絵文字は入れる？　スタンプはつける？　何もなし？　『いいよ』的なスタンプだけとか。いやいやそれはどうだろう。

「…………………」

秒単位で過ぎる時間に、未羽は焦る。赤と青のどちらかの線を切る爆弾処理班のような心境だった。

枕《まくら》に顔を埋《うず》め、女子力とプライドの狭間《はざま》で悶《もだ》え苦しんだ末——未羽はこう返信した。

『了解しました』

プライドが勝利した。

5

地下鉄の狭い階段を上りきると、銀座の町が広がっていた。

未羽の町にはないものすごい幅の道路、その向こうには三越が堂々とそびえている。上りきったすぐのところには深夜バスの乗り場を示す黄色い標識と、細い街路樹が立っており、そこに——彼がいた。

未羽の胸の奥がきゅ、と苦しくなる。

綿パンのズボンに手を突っ込み街路樹にもたれている颯人は、もう、他の人とはシルエットが違った。

ジャケットを羽織り、髪もしっかりセットして綺麗《きれい》な革靴を履いた彼は、いつもの清潔感に色気が加わり、フェロモンが尋常じゃなかった。

通りかかる女性は大人から子供までみんながじっと凝視し、あるいは怖《おそ》れをなしたように目を逸《そ》らす。

正直、近寄りがたい。

未羽が立ちつくしていると——颯人が振り向いてきた。

目が合った瞬間、心臓が跳ねる。

彼はもたれていた街路樹から離れ、こちらに近づいてきた。

――ちょ、そんな急に距離詰めないで！

内心テンパりながら、どうにか踏みとどまる。

「おう」

「お、おう――じゃなくて、おはよう」

おはようも違うかな？　と自分の中でいろいろ焦ってしまう。

「じゃあ行くぞ」

すっと歩きだす。未羽は、うん、と後に続いた。

「き、今日すごいあったかいね」

未羽は沈黙に耐えられず、話しかける。

「わたしも最上くんみたいにコート着てこなきゃよかった。まだ二月だし思い切れなくてさ。そういうの難しいよね」

「たしかにそうだな」

なんでもない返事なのに、未羽には妙に貴重なもののように聞こえてしまった。返しを期待していなかったせいだろうか、素直な肯定だったからなのか。

道を折れると、いかにも銀座らしい瀟洒《しょうしゃ》な通りとなった。

コーチやエルメスといった有名どころから、未羽は知らないけれど高級だろうブランドの店がずらりと並んでいる。

道沿いの小窓には、高級感を放つ時計やジュエリーが煌《きら》びやかに展示されている。歩きながら見ているとドアマンと目が合い、あわてて逸らした。

まだ日本にはこういう場所があるんだなと思いつつ、ものすごくふわふわして落ち着かない。

今日、新しい服で気合いを入れてきたこととか、そもそもこれはデートなのかどうなのかと颯人に確かめる意識も宙に浮いてしまっていた。

ほんの少し先を歩く颯人は、店のウインドウを真剣に見ている。

「興味あるの？」

「ディスプレイを」

見ているらしい。たしかにデザインが凝ったものが多い。

「そ、そっか」

そのとき、颯人がふっと向かいの通りに首を巡らす。

その先にクリスマスツリーのような円錐《えんすい》形の緑樹があった。

近づいていくにつれ、店の門が見えてくる。

貴族の屋敷、あるいは宮殿としか言いようのない荘厳《そうごん》な扉があり、わきに紺の制服を着たドアマンが背筋を伸ばして立っている。

——宝石店？　ブランド？　それともセレブのサロン的な何か……？

未羽にはそれがなんの施設なのかという想像すらつかない。

そこへ、颯人がまっすぐ向かっていく。

——え、まさか。

あそこですか？

頭がまっ白になりかけた未羽に構うことなく、店が近づいてくる。

颯人の来店意思を正確に見取ったドアマンが、

「いらっしゃいませ」

訓練された微笑《ほほえ》みと動作で扉を開ける。

未羽はドアマンに向かって庶民らしくお辞儀をしつつ、血管に氷の粒でも入ったような感覚だった。

「いらっしゃいませ」

扉をくぐってすぐ、品のよいスーツ姿の女性が微笑みで出迎え、そばに置かれたイスに案内する。

クッションの盛り上がった、どこかの宮殿に置かれていそうなイスで、腰掛けるとしっかりとした弾力で支えてきた。

「ご予約の名前を伺ってもよろしいでしょうか」

「最上です」

颯人は落ち着き払っていた。

ほどなく、先ほどの女性を含めた二人のスタッフが戻ってくる。

「お待たせしました。ご案内します」

歩き始めて、未羽はようやくまわりの様子が意識に入ってきた。

レストランだ。

店は円筒状の吹き抜けになっていて、薄い蜂蜜《はちみつ》色の照明に照らされている。

眼下にホールがあり、談笑のざわめきがぼんやりと上ってきている。会話する婦人の笑顔が見えた。

壁のカーブに沿った階段を下っていくと、抽象画のようなオブジェや幾何を描いた絵画が迎える。

未羽は足の裏の感覚がしなかった。

テーブルの奥に未羽は通され、颯人はイスを引かれて未羽から右斜めの位置に腰を下ろす。

他の席はあまり見えないが、ランチということもあり、ゆとりのある主婦のグループが多い印象。

未羽の向かい側には、半個室状の奥まったスペースがあり、そこはビジネス関係の集まりに見える。

ちょうど視線の先に、若い白人女性がいた。

とても綺麗な人で、何より華があった。まわりのスーツ姿の男性たちと会話している表情のひとつひとつの雰囲気がよく、幸せオーラを振りまいている印象の人。

ふと目が合うと、遠くの未羽に対して愛嬌《あいきょう》のある表情を閃《ひらめ》かせる。未羽はちょっと幸せな気持ちになった。

「本日はありがとうございます」

テーブルにウエイターが訪れる。

髪を立て、品よくこざっぱりとした若い男性。こめかみのところに小さなほくろがある。

「お飲みものはいかがなさいますか」

颯人に向かって尋ねる。

「ジュースもございますし、ミネラルウォーターはガス、ガスなし複数お勧めしております」

たぶん大人だったらお酒を勧められたんだろうなと未羽は思った。

「炭酸水はどんなものがありますか？」

颯人は本当に堂々としている。こういう場所に慣れているのだろうか。

いくつかのやりとりのあと、ウエイターがボトルを持ってきて、タンブラーにワインのように注ぐ。

「こちらは『シャテルドン』といって、太陽王と呼ばれたルイ一四世に捧《ささ》げられた泉から採った水でございます」

多少世俗的ではございますが水のロマネ・コンティとも呼ばれております――そんなふうにものすごい内容を説明するのだが、威圧感はまったくない。とても自然でソフトな物腰だった。未羽の頭に「ホスピタリティ」という単語が浮かぶ。

ウエイターが下がると、颯人がタンブラーを持ち上げ、乾杯の仕草をする。

「か、かんぱい」

未羽はつい口に出してしまう。ちょっと浮いたかなと後悔したとき、

「乾杯」

颯人が継いだ。

――ひょっとしてフォローしてくれた……？

未羽は思いながら、炭酸水を口に含む。

独特の苦みと、まろやかな微炭酸。未羽もコンビニで売っているものをたまに飲むのだが、炭酸の感触が違う気がした。

「なんか、コンビニとかで飲むやつと違う気がする。炭酸の感じっていうか」

「天然の炭酸水だからだろう」

「天然?」

「コンビニとかで売っているものは機械で二酸化炭素を入れたものだが、これは地下で炭酸が溶け込んだ天然水だ。それで炭酸の感触に違いが出ているんだろう」

「へえ、天然の炭酸水なんかあるんだ」

そっか、とつぶやきながらもう一口飲む。

だんだん落ち着いてくるにつれ……別の理由でどきどきしてきた。

やっぱり、たしかめずにはいられない。

「あ、あのさ……」

未羽は置いたタンブラーをみつめつつ、ずっと聞きたかったことを、ついに聞いた。

「……なんで今日、誘ったの?」

すると颯人はほぼノータイムで、

「この店、男だけじゃ入れないから」

驚きのバッサリ感だった。

……ですよねー。

未羽は心身ともに脱力した。

「登校してるときにお前を見かけて、そうだ、と思った」

「リア充ロードのときだよね？」

「……リア充ロード？」

知らない、という顔をする。

──マジですか。

「あの裏道だよ。あそこカップル専用じゃない。空気的にお一人様お断りみたいな。

……わたしはあの日、間違えて入ったけど」

その説明を聞いた颯人の表情には、はっきりと「くだらねえ」という言葉が浮かんだ。

「最上くんはあの道、使ったりするの？」

先輩と付き合っていた一ヶ月間、ほぼ毎日あそこを使っていたが、彼を見かけたことはない。

「いや。そういやこの道入ったことなかったなって」

「……は？」

「たまに違う道通ろうとか思わないか？」

──思わない。

こちらの反応に釈然としない彼を見つつ、未羽は思った。

王子は本当に変わっている。

メニューが運ばれてきた。

金文字の入った高級な厚紙製で、ものすごく大きい。正直重い。

フランス語と日本語の併記されたメニューには「ヴァプール」とか「ジュ」とか見慣れない単語で料理の説明がされている。もうすべてから高そうなオーラが出ていた。

しかも、値段が書いていない。

――い、いくらするんだろ……。

「……値段、書いてないね？」

「こっちには書いてある」

「え？」

「そうか、男の側にだけ書いてるんだな」

――なるほど、そういうシステムか……っ。

「……えっと、いくら？」

「上のコースが一万で、下が一万四〇〇〇円」

血の気が引いた。

全身の毛穴からいやな汗が噴き出してくる。

「俺が払うから心配しなくていい」

えっ、と颯人を見た。

あ、そうなんだ……。そんなふうにほっとしかける。けれど、

「だ、だめだよ！」

未羽は言った。こんな大金、奢《おご》ってもらうわけにはいかない。

「誘ったのは俺だし、最初からそのつもりで金も用意してきている」

「そういうわけにはいかないよ、わたしもちゃんと払うから！」

言ってから、未羽ははっと思い出す。財布の中身。

どうあがいても、五〇〇〇円がせいぜいだ。

颯人の、見透かすようなまなざし。

「……き、今日は払えないけど、ちゃんと返すから！　バイトとか、して」

金額の重みにくじけそうになりつつも、未羽は言った。

「好きにしろ」

颯人が目でウエイターを呼んだ。

「お決まりでしょうか」

「この下の方のコースで」

一万四〇〇〇円のコースを指す。未羽はもちろん、

「わ、わたしは……こっちでお願いします」

安い方とはいえ、一万円のメニューなど生まれてから注文したことがない。怖ろしさで、声が震える。

颯人が小さく吹いた。

未羽は目できっ、とひと睨《にら》みしたが、颯人は素知らぬふりでポケットからカメラを取り出し、ウエイターに手渡した。

「お願いします」

「かしこまりました」

恭《うやうや》しく一礼して、去っていく。

「なんでカメラ渡したの?」

「料理の写真を撮ってもらうんだ。基本は撮影禁止だが、代わりにスタッフがキッチンで撮ってくれるらしい」

「へえ」

ほどなく、先付《アミューズブーシュ》けが運ばれてきた。

円の皿に等間隔に配置されたオードブル。黄色い花を形作ったものなど、色鮮やかだ。

「かわいい」

未羽がつぶやきながら見ていたとき——颯人の空気が変わったのを感じた。

アミューズをじっと刺すような目で見詰め、ウエイターに言われたように指でひょいとつまむ。

　至近距離でたしかめ、匂《にお》いをかぎ、半分口に入れて、目を閉じて味わい、また目を開けて、断面をみつめる。

　未羽の肌がプレッシャーに圧《お》されるほどの集中状態。これは、モンスールガトーでケーキを作っていたときの彼だ。

　だから未羽は、理解した。

　こんな高級店に、彼が自腹で来た理由――。

　一段落したのを見計らい、未羽はそれを確かめた。

「これも、パティシエの勉強なの？」

「ああ」

　彼は肯定する。

「デザートを参考にするの？」

「全部だな」

「全部？」

「いいものに触れることが目的だ」

　師匠に教えられた、と颯人が言う。

「色々ないいものに触れておくこと。食べ物や、芸術や、サービスや、エンタメ、なんでも、一流のものに触れ、その感覚を積み重ねていけと」

「……………」

未羽は改めて驚く。

同じ高校生なのに、世の中の一流のものを貪欲《どんよく》に吸収しようとしていて、実際に何万円も払ってこんな所に来てしまう彼の本気度に。

「……すごいね」

そうとしか言えなかった。

けれど彼はぴんときていないふうに、それが普通という顔をしている。


「よろしければ、両方お取り分けいたしましょうか」

ウエイターが微笑みで聞いてくる。

別のコースだから違う料理が運ばれてきたのだが、颯人が未羽の皿に「それ面白いな」と注目してきたのだった。

「いいか、有村？」

未羽も、颯人の皿に載った分厚いフォアグラが気にはなっていたけれど。

「う、うん」

「お願いします」

「かしこまりました」

ウエイターが「失礼します」と料理をワゴンに引き取り、取り皿にシェアしていく。フォークとスプーンを操る手つきがとても綺麗で、プロフェッショナルを感じる。洗練された物腰や、声をかけてくる絶妙のタイミング。こういう一流店で働けるようになるのは大変なんだろうなと未羽は思った。こめかみのほくろがますますセクシーに映るというものだ。

かすかにフランス語が聞こえると思ったら、外国人のウエイターが、向かいの白人女性に向かって本の中身をメモに書き写しながら熱心に話しかけている。何かを教えているふうだ。あんなこともするんだと思った。

未羽は不思議な感覚に包まれつつある。

「あ、このフォアグラおいしい……食べたことあるやつと違う」

「こっちのムースもうまいな」

「ほんとだ。美味《おい》しいね」

そんなことを言い合いながら、しかし未羽は、料理の美味しさより自分たちを包んでいるこの空間の質感に心を奪われていた。

ホールを颯爽《さっそう》と歩くウエイターたちが、目が合えば優雅に微笑みかける。

店は開放感があって、外界と完全に隔絶されたふうではないのに、やはり外とは明確に違う空間。薄い薄いレースがかかっているような、ぼんやりとした居心地のよさ。

「こういう店は」

颯人が言う。

「料理と同じかそれ以上にホスピタリティ……心地のいい時間と空間を提供することが大事なんだ」

「ホスピタリティかあ」

「ここに来る俺たち客も、それを楽しみつつ、みんなで協力して場を作る——ということなんだろう」

未羽は天井を見上げる。

言葉として聞こえるか聞こえないかのざわめきが吹き抜けの空間に心地よく響いている。誰も乱す声を上げたりなどしない。みんなで作る場所。

視線を戻すと、颯人が料理を味わっていた。

そういえば彼も今日はひどいことを言ってこない。参加しているということだろうか。

「……最上くんは、どうしてパティシエを目指そうと思ったの？」

だから、そんなことが自然と聞けた。

颯人はこちらを見返し、少しまなざしを遠くする。

「小学二年のときにクラスメイトの誕生日会に呼ばれたんだ」

彼もまた、自然と語りはじめた。

「行ってみると金持ちの家で、すごく広くて、ダイニングがぴかぴかだった。俺もみんなも圧倒された。テーブルにも見たことのないような豪華な料理が並んでいたが、俺は最初から、そのまん中にあるバースデーケーキがやたらと気になった」

水を飲む。その瞳《ひとみ》に、ちかりと光が宿る。

「そりゃケーキは誰だって気にするだろうが、そういうレベルじゃなかった。プレゼントを渡したりゲームをしてる間もずっと気になっていて、それでやっと切られたケーキが配られて、食べた」

颯人がそこで言葉を切り、円い天井を仰ぐ。輪の重なった照明をみつめている。

「…………とんでもなく美味《うま》かった」

そう、洩《も》らした。

「みんなも騒いでたのかもしれないが、あのときまわりがどうだったのか俺は覚えていない。ものすごく衝撃を受けていて、なんだこれは、こんな美味いものがこの世にあるのかって、そして」

これが作れるようになりたい！ と思った。

「…………」

未羽は聞きながら「ああもうその時点で違ったんだな」と感じた。どんなに美味しいケーキを食べても、未羽はそれを作れるようになりたいとは思わない。

「運命の日だった」

颯人が断言する。

「俺の目指すべきものが、なんのために生まれてきたかが、はっきりわかった瞬間だった」

彼は堂々として、一切の迷いがなかった。

未羽はただただ、すごいと思って、

「そっか……すごいね」

そのままを口にした。

「すごいのは師匠のケーキだ」

「え？」

「そのバースデーケーキは、師匠が作ったものだったんだ。——あとで知ったんだけどな」

未羽は目を見開く。

「……いま弟子入りしてるのは、偶然？」

「いや」

首を振る。

「中学のときにパティシエになるための具体的な進路を考えて、普通は専門学校を検討するんだろうが、俺は『あのケーキを作った人に教えてもらうしかない』と思った」

――しかない、って。

未羽はかけ離れた発想を感じる。

「それで、あのケーキは誰が作ったのかを聞き出し、捜して、捜しまくって、やっとあの店をみつけて……頼み込んで、無理やり弟子にしてもらったんだ」

言葉から、熱量と行動力がにじみ出てくる。

颯人があの店で働いていることには、そんな縁があったのかと思いつつ、

「青山さんのケーキって、そんなに美味しいんだ」

そういえば、あの店のケーキをまだ食べていない。

颯人が、もちろんだとばかりにうなずく。誇らしそうに。

「世界一のパティシエになった人だからな」

「……え？」

「師匠はクープ・デュ・モンドのチョコレート部門で世界一になったパティシエだ」

「……そうなの？」

「調べればすぐに出てくる」

――そうだったんだ……。

それはぜひ食べなければ。

固く誓う未羽の視界の先で、あの白人女性が席を立ち、フランス人のウエイターに先導されてホールを歩く。おそらくお手洗いだろう。

しばらく追って、視線を戻そうとしたとき――奇妙なものが目に留まる。

未羽たちについていた、ほくろのセクシーなウエイターが、女性のうしろすがたを目で追っていた。その表情が、なんだかおかしい。

余裕がない。ずっと纏《まと》っていた洗練された物腰が剝《は》がれ、追いつめられたふうに挙動不審になっている。

やがて、意を決したようにまなざしを強くし、動く。

女性のあとを追った。

「どうした」

「ううん」

颯人に言って、未羽は食事に戻る。

ほどなくほくろのウエイターが手洗いの方から出てきて、あわただしくキッチンに向かった。

ほぼ間を置かず女性も出てきた。特に変わった様子もなく、テーブルに戻っていく。

あの席はもうお開きらしく、帰り支度を始めていた。
未羽はなんとなく気になって、また目で追っている。
ほくろのウエイターがホールに戻ってきたとたん、女性が反応した。
二人の目が合う。
女性が席から腰を浮かせた。
そのとき、彼女の動きに反応した外国人のウエイターが素早く歩み寄り、用件を伺う。
女性は戸惑うように硬直し、愛想笑いっぽい表情で何事かを言った。
すると先ほどと同じように外国人のウエイターが先導し、再びお手洗いへ向かう。
女性とほくろのウエイターの視線が交錯。
と、女性は彼に向け微笑みを浮かべながら——両手の人差し指で×印を作った。
ウエイターの表情に、はっきりとショックの色が浮かぶ。
数秒して、ふらりとまたキッチンへ消えていく。その足どりには、明らかに力がない。
——なんだろう……？
思いつつも、未羽はなんとなくの仮説を浮かべている。
あれはもしかして、そういうやりとりだったんじゃないか。
ふと気づくと、颯人もまた未羽と同じものを目撃していたようだった。

ほくろのウエイターが、未羽たちのテーブルにデザートワゴンを運んできた。

ワゴンの上に、ショコラ、ドライフルーツ、キャラメル、ヌガー等々が賑《にぎ》やかに並べられている。未羽は「高級な駄菓子屋さんみたい」と感じた。突き立てられている棒のお菓子とかが、そんなふうに見えた。

「こちらはショコラ、こちらはギモーブ——マシュマロでございます。こちらは……」

すっかり元どおりの微笑みで、ひとつひとつを説明していく。

未羽はきらきらと光るようなお菓子に目を奪われ、

——どうしよう、ぜんぶ食べたい……。

と、葛藤《かっとう》を繰り広げていた。

——ちょっとずつならいけるかな。

——でも、引かれるかな。

——まあ、いいか。もうケーキバカとか言われてるし。

脳内会議が「ぜんぶ食べる」の賛成多数で可決しそうになったとき、

——元取らないと！

「ちょっといいですか」

颯人がウエイターに話しかける。

「なんでしょう」

「あそこのテーブルにいたフランス人の女性と、何かあったんですか」

未羽は凍った。

——そこは触れないのがヒトってもんでしょうが！

あの一幕を見て、未羽の考える仮説はこうだ。

彼は、振られた。

あの女性のあとを追い、手洗いから出てきたタイミングでそういうことをこっそり伝えた。一目惚《ぼ》れしたとか、連絡先を教えてほしいとか。

そして彼女もこっそり、その返答をした——。

ウエイターは微笑みながらこわばっている。

「あなたは振られてませんよ」

颯人が言った。

——え？

未羽は意表を突かれ、颯人を、そしてウエイターを見る。

彼もまた、予想外の言葉に目を瞠《みは》っていた。

「今すぐ追いかけた方がいい。今ならまだ追いつけます」

颯人がまっすぐみつめ、言葉を重ねる。

ウエイターは素の表情で迷いを浮かべていた。

「俺が保証します。大丈夫です」

「……でも――」

「早く」

颯人がもどかしげに、

「ここを逃すと、もう二度と会えませんよ。ちょっとの勇気が出せなかったことで、ずっと後悔し続けることになるんです」

彼の声には熱がこもっている。まるで経験から来ているような、切実な響きがある。それは、人の心を揺るがすものだった。

未羽は息もできないままウエイターの反応を見守る。

彼は思いつめたまなざしで、食いしばった顎《あご》に一瞬、筋を浮かばせ、

「失礼します」

一礼し、足早に去る。

未羽は階段を上っていく彼の姿を見届けたあと、颯人に向き直り、

「……どういうこと？」

小さな声で尋ねた。

「どうして振られてないって思ったの？　わたしも見てたけど、あれは……」

颯人は黙ってコーヒーを一口飲む。

「ちょうど、このあと寄る店がある」

「え？」

「そのとき、わかるように説明してやる」

わけがわからない。

末羽が釈然としないまま、マシュマロを食べようとしたとき――階段を下りてくるウエイターが目に入った。

彼と目が合う。

表情に、喜びが満ちていた。

どうなったか、聞かなくてもわかった。

颯人の言うとおりだった――末羽が見ると、颯人はウエイターと目を交わしながら、口許《くちもと》に微《かす》かな笑みを浮かべている。

それは純粋な祝福のこぼれる、温かな笑みだった。

末羽の視線に気づいたとたん、むすりとそっけない表情になり、何事もなかったようにチョコを食べる。

6

三越の屋上に庭園があった。

未羽は店を出たあと、颯人に連れられるまま洋菓子店に寄り、人でごった返す銀座三越の一階から、九階のテラスへとやってきた。

中央の芝生と、ウッドデッキの床。縁の段差がそのまま連続したベンチになっていて、老夫婦や小さな子供を連れたママ友たちがくつろいでいる。

歩く颯人に、若いママたちが見とれる。幼い女の子すら前髪をなでつける。

そして、一緒に歩いている未羽を見て――え、どういうこと？　という空気を出す。

未羽は心を無にしつつ通り過ぎ、颯人とともに離れたスペースに座った。

女性たちの視線を浴び続けながら、颯人は無反応。

気づいていないのではなく、突き放している――未羽にはそんな印象に映る。それはともかく、

「ねえ」

未羽はいい加減しびれを切らした。

「さっきの話」

そう。次の店で説明すると言っておきながら、まだ何も明かされていない。

洋菓子店に寄り、気づくと颯人が買い物を終えていて、あわただしく店を出た。店内が混んでいたから仕方ないと思って今まで我慢していたが、もういいだろう。

「なんであのとき、笹本《ささもと》さんが振られてないってわかったの？」

笹本さんというのは、あのウエイターの名前。名刺を渡されながらものすごく感謝され、半ば強引に会計まで持ってもらった。

颯人は何も言わず、膝《ひざ》に乗せた洋菓子の箱を開ける。

中には――円形の焼き菓子が入っていた。
三、四センチほどの厚みで、つるりとした白茶の表面に『×』の模様が描かれている。
末羽はつい興味を引かれ、

「それ、なんてお菓子？　初めて見た」

「コンベルサシオン」

颯人が答える。

「『会話』という意味の焼き菓子だ」

「フランス語？」

「ああ。この表面の×印が、会話という意味を表している」

末羽は改めて、模様に注目した。×。クロス。

「……交わってることかな？」

「だろうな。──そして、フランスでは」

言いながら、両手の人差し指で×印を作った。

「これが『会話しましょう』という意味のジェスチャーになる」

未羽は、あっ、となる。

あの白人女性がしていた。

「つまり、こうだ」

颯人があの場で起こったことの真相を語る。

「彼女は二度目の手洗いに立つフリをして、笹本さんと話そうとした。だが、先に別のウエイターが来てしまった。帰る間際で、時間も差し迫っている。だから彼女はとっさにサインを送ったんだ──『会話しましょう』と」

颯人がもう一度、×印を作った。

「だが……俺たち日本人がこれをされたら、どう思う？」

「……お会計？」

「ああいう店でそんな精算の仕方するはずがないだろ。バカか。ああバカだったな。本当に悪かった」

「うるさいなあ！　言ってみただけだよ」

あそこでされたら、普通はこう解釈するだろう。

「『ごめんなさい』、だよね」

颯人がうなずく。

「笹本さんもそのジェスチャーの意味を知らず、そう勘違いした——というわけだ」

「……なるほど」

謎《なぞ》が解けた。

小さな男の子が、何かつぶやきながら楽しそうに早歩きをしている。

向こうでは母親が子供に向かって「アリさんだねぇ。どうやって来たんだろうねぇ」と話しかけている。

「でも最上くん、すごいね」

颯人が振り向いてくる。

「ちゃんと笹本さんに言ってあげたじゃん。気づいててもなかなかできないよ。勇気いる」

「…………」

「それに『ちょっとの勇気が出せなかったことで後悔し続ける』——だっけ。熱いよね。

わたしびっくりした。熱いね、最上くん」

「……これ、一個分けてやろうと思っていたが、やめた」

「なんで⁉　ごめんなさい！」

颯人が思わず、というふうに噴き出す。

「お前って面白いよな」

「……なによ」

べつに面白いことをしているつもりはない。

颯人が箱からコンベルサシオンを一つ取り、残りを箱ごと未羽に差し出してきた。

「ありがと……」

未羽が箱を膝に置いている間に、彼はあんぐと口を開け、かぶりついた。なんというか、かぶりつく仕草から口の動かし方までダイナミックだ。

さっきのレストランみたいに目を閉じて集中したりせず、ただ、食べている。

「今日は、店の印象を残しておきたいからな」

未羽の視線に気づいたふうに言う。

たしかに食べるものすべてに集中していたら疲れてしまうだろう。

未羽も食べる。表面は香ばしく甘い匂い。かぶりつくと、前歯が薄い皮を何層も裂いていく感触。――パイだ。

パリッと焼けたパイ生地の食感とアーモンドの香り、しっとりとした甘さが口の中いっぱいに膨らむ。

「なんだか……懐《なつ》かしい感じの味」

「そうだな。フランスの伝統菓子だからな」

「そうなんだ」

「一八世紀頃の。この独特の重さというか、風味の方向性は時代を感じさせる。当時のニュアンスと、今との違いがわかるお菓子だ」

颯人がまた一口食べ……まぶたを閉じる。ついさっき集中しないと言っておいて、さっそくこれだ。

――止まらない人なんだな。

横顔を眺めつつ、未羽は羨《うらや》ましく思う。

こんなに打ち込めるものがあるなんて。

どんな感じなんだろう。

自分にはそういうものはないな。

どうやったらみつけられるんだろう……。

「……有村」

ふいに颯人が、目を閉じたまま深刻な声で切り出す。

「な、なに？」

「まわりがうるさいから、黙らせてきてくれないか」

「いやだよ！」

もう何言ってんのこの人、と未羽はあきれる。

颯人は仕方なさそうに最後の一かけを放り込み、もぐもぐと食べる。

未羽はそれを見つつ、苦笑いになった。

今日はほんとうに春を思わせるいい天気で、はしゃぐ子供たちの声が空にやわらかく溶けている。

未羽はふと人差し指で×印を作る。そして、こう思った。

——今日は最上くんとたくさん話したな。

と。

コンベルサシオン

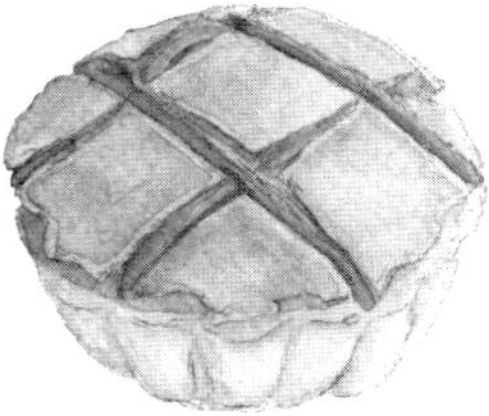

「会話」という意味を持つ、イル＝ド＝フランス地方のお菓子。
アーモンドクリームの入ったパイで、表面の×印が特徴。
名前の由来については諸説あるが、
指で×印を作る「会話しましょう」を意味するジェスチャーと
表面の模様の合致というのがその一つである。
ただ、実際フランスでそのジェスチャーを目にすることは難しく、
未羽と颯人が目撃したのはかなりのレア体験。
例えるなら「あらごめん遊ばせ」とリアルに言われるほどの珍しさだろうか。
ちなみに筆者は、一度だけ言われたことがある。
東京吉祥寺の『レピキュリアン』などでお求めになれる。

trois

オペラ

1

昼休み、委員長の春日菜穂子がリボンで結んだ袋を取り出したとたん、女子全員がめざとく反応する。

談笑していた女子も、スマホをいじっていた女子も、森の異変を察知した動物たちのように振り向き、腰を上げる。

「お菓子焼いてきたの」

委員長が和やかな笑顔で言ったとたん、花が咲いたように盛り上がり、その場にいた女子たちが集結した。

未羽とて例外ではない。

「はい、みんな一つずつ」

委員長が小さくてぷにぷにした手で広げた袋から、みんな順にお菓子を取っていく。

彼女はこうして時々お菓子を作ってきては、みんなに振る舞う。

「あ、おいしい！」

「うめぇ」

みんなの反応を見て、委員長は丸いほっぺをほころばせ幸せそうにする。その白くてふわふわした頬を見ていると、誰もがたまらなくなって、

「委員長、ほっぺさわらせて！」

「ふひゅっ」

必ず実行者が出る。

「おおう、安定のやわらかさ……」

「もーやめてよぅ」

と言いつつ、委員長はされるがままになっている。

末羽もさわったことがあるが、あれは「伸びるミルクプリン」というか、地上のものとも思えない感触だった。

笑ったり困ったりする委員長を、みんなが目を細めて愛《め》でている。彼女はクラスの愛されキャラだった。

「ほら、それくらいにして」

感触を楽しんでいた子の手を、美峰理紗《みみねりさ》がそっと押さえる。

凜《りん》とした眼鏡美人。委員長の親友であり、生徒会に勧誘されて会計に就いた学年トップクラスの優等生である。そんな彼女は、やや天然なところもある親友をいつも秘書官

のごとくフォローしている。

「ねえりっちゃん、みんなおいしいって」

委員長が理紗に言う。持ってくるお菓子はいつも、二人が遊んだときに作っているらしい。

「よかったねぇ」

名は体を表す春の日だまりのような微笑《ほほえ》みに、理紗は凜としたクールビューティーの面持ちで向き合っている。

凜としたクールビューティーの面持ちで向き合っている。

凜としたクールビューティーの面持ちのまま……ぷるぷると震え始める。

「菜穂子っ！」

がばりと委員長に抱きつく。

「もう！　もうこの子ったら！」

摩擦熱が起こるくらい激しく頬ずりをする。その表情はすっかりとろけて、クールビューティーの面影はない。

理紗のハグを受けながら、委員長はふにふに笑っている。いつもの絡《から》みだった。母娘のようでもあるし、オタクの女子グループは「百合」と評している。

「もらっていい？」

末羽は辛抱強く順番を待っていたのだった。

「あ、ごめんね有村さん。どうぞ」

委員長が袋を差し出してくる。

「『スペキュロス』っていうクッキーだよ」

「スペキュロス?」

「ベルギーやオランダ伝統のスパイスクッキー」

理紗が補足してくる。

「シナモンや、クローブ、ナツメグなんかを入れてるの。ほんとはミラのニコラウスっていう祝日にだけ食べるものだったみたい」

末羽がお菓子に興味が強いことを知っているので、細かく説明してくれた。

長方形で、つまんでみるとカリカリに硬い。しっかりと焼いた色。

「いただきます」

食べた。

ざっくりとした歯ごたえとカラメルの甘さのあとに、スパイスの香りがふわりと広がる。ブレンドされているから主張は強くなく、独特のあとを引く風味になっていた。

「美味《おい》しい! あと引く味!」

末羽が目を輝かせて言うと、委員長と理紗がやさしく微笑んだ。

そのとき。

「有村さん！」

食堂帰りのクラスメイトが教室に駆け込んできた。

「王子と銀座歩いてたって、ほんと⁉」

クッキーを吹いてしまった。

「えっ、何それ⁉」

教室が騒然となる。

「ほら写真！」

その子が、分けてもらったらしき画像をスマホで見せる。

未羽の心臓がどくん、と動く。そこには、レストランに入ろうとする二人の姿がはっきりと写っていた。

みんなが殺到する。外野にいた男子たちまで寄ってきた。

「うわ、マジだ」

「めっちゃ高そうな店」

未羽は落ちたお菓子を拾いながら、その光景に「……あああ……」と震えている。写真に写っている自分がブスな瞬間だったことも地味にショックだった。

「「「「　未羽‼　」」」」

囲まれた。

既視感を覚える光景だったが、あのときと違い、表情には若干責める色合いがある。

「どういうこと!?」

「説明して！」

前は定期を拾ってもらっただけだと言ってたじゃないか。国民を騙《だま》したのか。未羽は吊《つる》し上げをくらう政治家状態だった。

「……それは」

「それは!?」

「……食事に、誘われて」

女子たちが息を飲む。

男から食事に誘われる。

しかもこんないい店。

それはすなわち——。

未羽には、その心の動きが手に取るようにわかった。

「……ここ、あれじゃない？　星とか付いてる店」

「え、いくらぐらいすんの？」

「未羽、いくらだった？」

「……ランチで、一万円」

「うえっ!?」

「割り勘!? 違うよね!?」

「…………違う」

「「「「…………」」」」

未羽は、自分に向けられる視線の感触が変わっていくのを感じた。この場における自分のランクが猛烈な勢いで上がっていく感覚。

それとともに、まわりの空気がある方向に固まっていくことに気づく。

「……告られた?」

「てかもう、付き合ってる?」

気づけば、身動きが取れなくなりつつあった。

「……え……えと……」

違うよ、と言わなくてはいけない。

だが、一度上げられた高みから落ちるのが怖い。「なーんだ」とがっかりされる落差の空気を感じるのが怖い。

バカバカしいし、よくないと思いつつも、逃れられない。勇気が出せない。

「もー、水くさいじゃん!」

ありさが、ばしんと肩を叩《たた》いてきた。

「なんでウチらにも黙ってるかな」

「ほんとだよ」

ありさと志摩子がにこにこしている。

未羽はどうにもできず、愛想笑いで返す。

「でもまあ、王子と付き合ってるってなったら、いろいろめんどくさいか。ファンクラブとか」

「だね。でもウチらはそんなんじゃないし！」

志摩子が言うと、みんながあははと笑う。

未羽も一緒に笑う。内心、

──あーなにやってんだー！

と思いながら。

そんなぎこちない笑いを、気がつくと──ありさと志摩子に見られていた。どきりとする。

「ねえねえ未羽」

ありさが肩に手を回し、寄りかかってくる。

「ウチらにカレシのこと紹介してよ」

「え？」

「今から一緒に王子のクラス行ってさ。未羽がカノジョしてるとこ見たいっていうか」

未羽は、さっと青くなる。

「よし、行こっ」

ありさが腕を引っぱってきた。

「えっ、ちょ――」

「いいじゃん。まだ時間あるし」

志摩子が反対の腕をホールドしてきた。

「えええー……」

と言いながら、未羽はたいした抵抗もできず歩いてしまう。だめなのに。やばいのに。

その様子を見ていた他の女子たちも、あまりに興味が強いので一グループ、また一グループとついてきてしまう。廊下に出る頃には、クラスの女子の大半がついてきていた。

もはやお祭感覚だ。

未羽を先頭に、大学病院の総回診のごとく廊下を行進していく。

…………。

いやな汗が止まらない。

「……あ、あのさ、やっぱり急に押しかけたら迷惑かなって」

「大丈夫だって。なんかあったらウチらがフォローするから」

「そーそー」

「でも――」

「ほら、もうそこだよ」

ありさが突き当たりの一組を指さす。

まったく聞く耳を持ってくれない。二人ともわざとそうしている気配を感じかけて、
未羽はあわてて自分の中で否定した。

近づいてくる颯人のクラスを断頭台に向かうルイ一六世の心地でみつめながら、

――どうか、いませんように……！

颯人の不在を祈った。

いた。

自分の席で、普通に男子と話していた。

――ちくしょう……!!

その場に崩れ落ちたくなった未羽に、

「ほら」

ありさと志摩子が、にやけ顔でうながす。

出入口に立たされた。

一組の生徒は、突然やってきた他クラスの女子集団に驚かない。ちらりと見て「ああまたか」というニュアンスを浮かべるのみだ。王子がいるので、よくあるのだ。

颯人もそんなふうに、少しうざったそうに振り向き——未羽の姿に、目を留める。

そして、おもいっきり不審げな表情を浮かべた。

間違っても彼女に向けるそれではない。状況は早くも絶望的だった。

未羽は断頭台に跪《ひざまず》いた心境で、せめて盛大に散ろうと決めた。つまり、やけになった。

颯人に向かってラブラブな彼女面《づら》で手を挙げ、甘えた声で、

「颯人ぉ〜〜〜♡♡♡」


「**あ？**」


……ですよねー。

背後にいるクラスメイトたちと一組の生徒の空気が、どんどんおかしな感じになっていく。未羽はいっそのこと殺してくれないかなと思った。

そのとき、颯人が席を立ち、こちらに向かってきた。

未羽の真正面で立ち止まり、見下ろしてくる。

「何だ？」

眉間《みけん》に深い縦じわが刻まれていらっしゃる、と未羽は思った。

「……えーとですね」

「未羽と付き合ってるんですよねっ？」

ありさが無邪気なノリで颯人に聞く。

――ちょっ⁉　もう見てわかんないかな⁉

颯人の眉間のしわが、みしりと深くなる。

「……一緒にレストラン行ったの、見られちゃって」

未羽はまともに目を合わせられず、言い訳する。

「未羽ったら、最上くんと付き合ってるってすごい自慢してきて！」

――してないよ⁉

「友達として鼻が高いんですよ～」

ありさと志摩子がにこにこ笑いながら、未羽を追いつめていく。

一組の生徒たちも、最上の彼女？　あの子が？　と注目してくる。

颯人がありさに向かって口を開く。

未羽はぎゅっと目をつむった。公開処刑が始まる。

「――未羽」

颯人が言った。

未羽は最初、自分が呼ばれたことに気づかなかった。

なぜなら彼が呼ぶはずがないから。「未羽」だなんて。

ようやくはっとなって、顔を上げると――

「もう昼休み終わるぞ。早く教室戻れ」

なにげない表情で言ってくる彼がいた。

それはまるで――彼氏が彼女に人前で取る態度のようだった。

「…………？」

未羽が茫然《ぼうぜん》となっていると、颯人がありさと志摩子に、

「未羽の友達なんだ？　名前聞いていい？」

「ま、真辺《まなべ》ありさです」

「冬木《ふゆき》志摩子です」

緊張して答える二人に、颯人は「ありささんと志摩子さんか」とつぶやく。

「未羽のこと、これからもよろしくね」

爽《さわ》やかな王子様スマイルを浮かべた。

「――――」

ありさと志摩子が赤くなる。きゅーん……という音が聞こえてくるようだ。

二人だけでなく、この場にいる女子ほぼ全員が冷酷王子の雪解けスマイルに見とれて

――その偽物《にせもの》感を知る未羽だけが、鳥肌を立てた。

「「は、はいっ！」」

ありさと志摩子が、潤《うる》んだ瞳《ひとみ》できれいにハモる。

「未羽」

「は、はいっ！」

未羽は鳥肌でゾワッとなりながら応《こた》える。

と、彼の大きな掌《てのひら》が頭に乗り、やさしく撫《な》でてきた。

「あとでな」

それはもう、誰がどう見ても、女子が理想とする王子様な彼氏だった。

ありさと志摩子も、他のクラスメイトも、一組も、この場にいる女子全員がうっとりと颯人をみつめている。

そんな王子様を独り占めしながら、未羽の脳内は、

……どういうこと？

大混乱に陥った。

2

五時限目、未羽はこそこそとスマホを操作していた。

『さっきはごめんね』

颯人にメッセージを送った。

もちろん授業中のスマホは禁止だし、未羽だって普段はもう少し真面目《まじめ》だ。

でもじっとしていられないというか、変なテンションになってしまっていて、颯人に送らずにはいられないのだった。

「…………」

画面を見つつ、このタイミングで返事が来るはずはないと思いつつも、そわそわしてしまう。

既読がついた。

声が出そうになった。

さらに返信がきた。

『いい迷惑だ』

未羽は夢中で返信を打つ。

『ごめんなさい！　＞＜』

『だが』

颯人のレスも早い。

『原因を作ったのは俺だ。謝るのは俺の方だ』

『すまない』

「…………」

素直に謝られ、未羽は胸が少しきゅんとしてしまう。

『ううん、ぜんぜん！』

すぐにそう返したあと……未羽はさりげなくこうつないだ。

『だからさっき、合わせてくれたの？』

それから、なかなか返信がこなかった。

時間にすればほんの少しで、メッセージにも一分しか経《た》っていないことが表示されているのに、未羽にはものすごく長く感じた。

耐えられなくなって、顔を上げ、まわりの席を見回す。

誰もこっちを見てはいないが、何人かに気づかれている気配がした。でも授業中《こういうこと》のスマホはお互い様だし、誰も何も言ったりはしない。

視界の端でメッセージの追加を捉《とら》えた。

『あの二人組。ありさとしまこ、だったか』

『？　うん』

『俺に聞くとき、否定しろ否定しろって顔をしていた』

『わかってて、お前に恥をかかせようとしていた』

未羽は唇を噛《か》む。

たしかにそんな気はしていた。考えないようにしていたけれど。

『それがイラッとしたから、合わせた』

「…………」

未羽は胸の奥がじんとした。

文面から伝わるのは、彼の男の子らしい正義感だ。他意はまったくない。でもだからこそ未羽は、

——イラッとしたって……。

そうツッコみつつも、ちょっと嬉《うれ》しいのだった。

「有村さん、何をしているの」

そのとき、後ろから鋭い声が飛んできた。

振り向くと、美峰理紗が教師に向けて挙手している。

「先生、有村さんがスマホを使っています」

容赦のない糾弾。そう、委員長に対するベタ甘な態度でだいぶ印象がやわらいでいるが、彼女にはこういう真面目すぎるところがある。

未羽は見事、スマホを没収された。

3

放課後、未羽が没収されたスマホを取りに職員室へ向かっていたとき、

「――有村さん」

振り向くと、一人の女生徒が気さくな笑みで立っている。

隣のクラスの子だ。合同授業で一緒になるが、きちんと話したことはない。

「ちょっといいかな？」

「なに？」

「相談っていうか、話したいことあって……」

片手で「ごめん」というジェスチャーをしてくる。未羽はなんだろうと思いつつ、

「いいよ」

「ありがとう。ここじゃなんだから」

こっち、と背を向けて歩きだす。

階段を下り、一階の渡り通路をわたり、校舎の裏手に向かう。

「けっこう行くね？」

「ごめん、大事な話で」

そうなんだ、と疑わずついていく。

校舎の裏手に出て、プール沿いを進んでいく。

まわりにはもう、誰もいない。

そう認識したとたん――未羽はふいに嫌な予感がした。

突き当たりの曲がり角が近づいてくる。

……。

心臓が跳ね、体のあちこちがチクチクしながら、未羽は止まれない。怖くて、無言で進む背中に向かって話しかけることもできない。勇気が出せない。

「こっちだよ」

軽い声で、見えない角の奥を示す。振り向いたその気さくな表情が、さっきとまるで違うものに映った。

未羽はもう、自分の意思でも止められない歩みで角を……曲がる。

ずらりと並ぶ女子たちの険悪な表情が迎えた。

その威圧感に――瞬時にすくんでしまう。

一〇人を超す全員が、未羽の姿を認めたとたん浴びせてくる冷寒な。

敵意。

未羽がこれまでの日常で経験したことのない、集団からの剝《む》き出しの敵意。比喩《ひゆ》でなく、膝《ひざ》が震えた。

「なんで呼ばれたかわかってる？」

中央の上級生が低い声で聞く。

未羽は応えられない。

全身が鉄のように硬く冷たくなって、声すら出せない。目の奥だけが熱く、涙が出そうだった。

「わかってるかって聞いてんだよ！」

びくッと震えた。

未羽は硬い体をぎしぎし軋《きし》ませながら、

「………いえ」

本当は察しがついていたが、迂闊《うかつ》なことは言えない。

「ハ？」

集団の空気がさらに険悪になる。だがこれはどちらを答えても同じだ。未羽は耐えた。

中央の上級生が、未羽をきつく見据え——

「最上くんと付き合ってるんでしょ？」

そんな怖い顔で「最上くん」と呼ぶのがちょっとおかしかったが、もちろん表には出さない。

——やっぱりそうだ。

颯人のファンクラブ。未羽が彼と付き合っているという話を知り、呼び出した。ならば、ここでやることは一つだった。

「付き合ってません」

誤解ですと続けようとしたとき——空気が煮えたぎった。

「バカにしてんの？」

「目の前で言ってたじゃん」

そう言ったのは、颯人のクラスメイトだろうか。

「あれは違うんです、いろいろあっ——」

背中を強く押された。

前につんのめり、体勢を立て直そうとしたとき、胸ぐらを摑《つか》まれた。

「空気読めって言ってんだよ」

息ができない。

ブラウスを摑まれていることよりも、そうされている事実に恐怖し、思考が止まってしまう。

至近距離の凶暴なまなざし、他の女子たちの「なんでこんなブスが」という聞こえよがしの声。未羽はもう堪《こら》えきれず、涙を零《こぼ》しそうに——

「何やってんだ」

うしろから、声。

声の主を見た女生徒たちの顔が、驚愕《きょうがく》に染まる。

未羽が振り向くと――――そこに、颯人がいた。

掴まれていたブラウスが、ぱっと放される。

「あ、あのっ……」

上級生が、さっきまでとは別人みたいな高い声を出す。

女生徒たちは颯人の視線から逃れるようにうつむき、あるいは縋《すが》りつくまなざしで何かを言おうとする。

そんなしおらしい彼女たちに颯人は――――ぞっとするほどの軽蔑《けいべつ》を浮かべた。

「はっきり言っておく」

凍えて、苛烈《かれつ》なまなざし。

「俺とこいつがどんな関係だろうが、お前らには一切関係がない」

容赦なく突き放す。そこには、怒りと強烈な嫌悪《けんお》感がにじんでいた。

「二度とこんな真似《まね》をするな。次やったら容赦しない」

ファンクラブの女子たちは悲しげに、悔しげに目許《めもと》に皺《しわ》を寄せ、そそくさと去っていった。

「大丈夫か?」

「あ……うん」

ぼんやりと答えて、

「なんでここ、わかったの?」

「上で掃除していたときに見えた」

「ああ……」

未羽は校舎の窓を仰ぐ。

耳に周囲の音が戻ってくる。生徒たちのざわめき、体育館からバレーボールの音、風のゆらぎ……。

とたん、力が抜けて——うしろに倒れそうになる。

颯人に支えられた。

「おいっ」

「ごめん……なんともないから」

背中に、たくましい腕の存在を感じる。びくともせず、未羽の体重を軽々と支えている力強さ。

「悪かった」

耳に、彼の声がふれる。

振り向くと、彼の顔がとても近くにあった。

活動的な魂を映す光の強い双眸《そうぼう》が、今はとても優しげだった。

なんだろう。なぜだか泣きたくなった。

「怖い思いをさせたな」

——あ、だめ。

未羽はとっさに体に力を入れ、颯人から離れた。涙が出るところだった。

「ううん、ありがとう、助かった」

だが颯人は神妙に首を横に振る。

「元はといえば俺のせいだからな」

意外と気にしてるんだなと未羽は思った。

「きっかけ作ったのは、わたしだし」

未羽が返すと、颯人は眉間に皺を寄せ、少し考えた。

「いや、そもそも俺が店に付き合ってくれと声をかけたところからだから、俺のせいだ」

——頑固だな！

「じゃあいいよ、それで」

「なんだ」

「それより、さっきの言い方まずいと思う。『お前らには関係ない』みたいな。……あれ、完全に付き合ってる解釈になるよ」

「………」

颯人が今気づいたふうに軽く目を瞠《みは》る。首の後ろに手をやり、黙る。

未羽はその間、彼に「……最悪だ」的なことを言われ、それにツッコむまでの準備を完了させた。

「まあ、いいかもな」

……は？

頭がまっ白になる。

タイミングを計ったように、うしろで木の葉がざあっと揺れた。

だが彼はあくまで淡々としていて、

「そしたら面倒ごとがなくなる」

――なるほど、女よけですか。

未羽も冷静になった。

彼は本当に女子に興味がないのだなと思った。いや、さっきにじませた感情はそんな生やさしいものではなかった。それはなぜだろう。何か理由があるのだろうか……。

「それに、お前だったらいい」

不覚にも、胸が鳴ってしまった。

「……な、なんで？」

「女っぽくないから」

「うるさいです」

準備していたツッコミが発動した。

「っていうか、わたしはイヤだから！」

びしっと颯人を指さす。

「誤解はきっちり解かせてもらいます！　最上くんにも協力してもらうから！　いい!?」

すると、彼は――

「ああ、わかった」

なぜか、とても愉快そうに笑った。

4

ヤリマン

ブス

死ね

未羽の机に黒マジックで乱暴に書かれていた。

「…………」

未羽はそれを、愕然と見下ろしている。

朝、教室に入ると、自分の机のまわりに人だかりができていた。どうしたのと声をかけつつ行ってみたら——。

「…………」

言葉としては何も浮かばない。けれど、胃のあたりがきゅうっと縮こまる感覚。

クラスメイトたちは一歩引いた距離で、何も言わず息をひそめている。

そのとき、誰かが肩に手を置いてきた。

「大丈夫、有村さん？」

美峰理紗が、硬い表情で聞いてくる。

未羽がうなずくと、彼女は支えるようにうなずき返し、揺るぎないまなざしで言った。

「ちゃんと先生に相談しましょう」

「……う、うん」

それをきっかけに、クラスメイトたちも口を開き、ざわめき始める。

「大丈夫、未羽？」

理紗と入れ替わりに、ありさと志摩子が両側を挟んできた。

「へいき？」

眉《まゆ》をハの字にし、心配している声音で聞く。

「うん、ありがと」

未羽が答えると、二人は机を見下ろす。

「マジでこういうことあるんだね」

「ドラマかって」

マジックの文字を見つつ、半笑いでツッコむ。

「どうするのこれ、油性でしょ」

ありさが指で擦《こす》る。

「ねえ委員長」

「は、はひっ⁉」

「あーごめん……じゃなくて、美峰さん」

ありさが、テンパった委員長から実質的なリーダーである理紗に振る。

「すぐに代わりの机を持ってきてもらうわ」

「だって」

ありさが未羽の肩に手を置く。

「よかったねー？」

「うん……」

「っていうか、誰よ」

ありさが犯人について言うと、すぐに志摩子が、

「そりゃファンクラブでしょ」

「間違いない」

二人は納得し合い、未羽に振り向いてくる。

「王子と付き合うのも、大変だね」

気の毒そうに言う唇が、一瞬、皮肉げに釣り上がった。

昼休み、未羽はトイレの個室にいた。

誰もいない場所にこもりたかったのである。

「……はぁ」

ため息をつく。

あのあと、未羽をプールの奥まで案内した隣のクラスの子に誤解を説明した。

『ウチらじゃないい』

きっぱりと返された。

『最上くんから聞いたし』

すでに颯人が先回りして誤解をといており、ファンクラブ全員に情報が共有されているということだった。

颯人が本当に動いてくれていたことに未羽は驚き、話はそれまでとなった。

——でも……。

だからといって、あの中の誰かがやっていないとは言い切れない。颯人自ら誤解をとく、という行動が特別にも見えてしまう。だって、あの冷酷王子が——

頭上から何かが落ちてきた。

ぶつかったとたん冷たさを感じ、潰《つぶ》れたそれが一瞬で髪と頭皮に浸潤《しんじゅん》し、首、襟、肩、背中までに広がる。

ばたたたた……っ　と床のタイルに跳ねた。

戸の外で、薄い金属のぶつかる音。

「…………」

自分の身に何が起こったのか理解するまでに、五秒近く。

濡《ぬ》れたブラウスが肌に吸いつく不快感と、毛先から落ちる雫《しずく》で——上から水をかけられたのだと認識した。

でも、どうしようもない。

動けない。

今さら出ても犯人はいないだろうし、仮に間に合うのだとしても、犯人と会うのが怖い。ここから出たくない。

未羽はハンカチを取り出し、顔を拭《ふ》く。

——こんなベタな！

——少女漫画かよ！

心の中でツッコみながら、水を掛けられた事実に大きなダメージを受けている自分を自覚した。

ハンカチはすぐびしょ濡れになり、役に立たなくなった。

放課後、職員室に呼ばれた。

担任から、机のいたずら書きについて事情を聞かれた。

やった相手に心当たりがあるか。また何かあったらきちんと言うこと。

それはニュースなどで聞く「学校の対応」の印象よりだいぶきちんとしたものだったが、犯人がはっきりしない以上、話の進みようがない。

それもあって、未羽はトイレでの一件を言わなかった。話が無駄に大きくなったり、本格的に「いじめを受けている生徒」と認識されるのがいやだった。

話は短い時間で終わり、未羽は「失礼します」と職員室をあとにした。

――ほんとに、誰なんだろう……。

ファンクラブ？　それとも、別の誰か……。

考え込みながら、昇降口で靴を履き替え、校門へ向かう。

外へ出ると同時に、習慣でスマホを取り出す。

親友の佳奈からメッセージが入っていた。

『衝撃の光景!!』という文とともに、猫よけのペットボトルの横でくつろいでいる猫の写真が上げられていた。

未羽は噴き出す。

びっくりしているイラストのスタンプと『やばいｗｗ』という返信を打った。

やりとりを続けているうち未羽は、嫌がらせのこと相談しようかな、という気になった。親友で、学校も違う佳奈になら話しやすい。

ウインドウに『あのね』とまで下書きしたとき――メールを受信した。

もうすっかり使う機会のない、携帯のメールである。知らないフリーメールのアドレスで、件名は『ケーキを愛する有村未羽様』。

――。

嫌な予感がしつつ、開いた。

汝に仇為す者

vhttps://www.frtube.com/watyh?v=ygSFSvtqZyk

黙示録のサタンより

心臓が、ズキリと膨らむ。

「…………」

未羽は怯《おび》えながら、けれどたしかめずにはいられなくて、URLを開いた。

海外の動画サイトにつながる。英語でないアルファベットの言語で、書いてあることはわからない。再生してみると、聞き覚えのあるパイプオルガンの曲が流れた。

――オペラ座の怪人……？

そう思って見ると、タイトルにも『The Phantom of the Opera』と書いてある。

不気味な仮面の画像とともに、重々しいメロディーが流れた。

未羽はたまらなくなって、ページを閉じた。

気持ちが悪かった。

未羽は『あのね』という下書きを削り『ごめん、またあとで』と、佳奈とのやりとりを終えた。

嫌がらせを受ける立場になっている自分自身にへこんだ。

こんな自分を、友達に知られたくなかった。

5

気がつくと、ケーキ屋の前に立っていた。
「――はっ」
目の前には『Mon Seul Gâteau』のプレート。
駅前に差しかかったとき「甘いものでも食べようかな」と思ったことは覚えている。
無意識のうちに電車を乗り換え、自由が丘の外れまで来てしまっていた。
なんということだ。
未羽は自分自身に戦慄《せんりつ》しつつ、ドアのガラスから店内を覗《のぞ》く。
誰もいない。……ケーキもない。
四時過ぎの時点で、完売。この前に来たときも売り切れだった。
やはり世界一のパティシエの店だけあり、こんな立地でも人気店なのだろう。
――帰ろう。
いま颯人と会うのは、なんとなく避けたかった。
帰ろう。ケーキもないし。
「有村さん」

「――っ⁉」

振り向くと、穏やかな表情を浮かべている制服姿《コックコート》の男性がいた。

「青山さん……」

「ケーキ食べに来てくれたの？」

その大柄な体は、見ているとなんだかほっとする。ちょっと出かけて戻ってきたというふうだった。

「あ、はい。でも売り切れちゃってますか？」

「ごめんね、さっき」

「いえ、またリベンジします！」

未羽が元気よく応えたとき、

「そうだ。ちょうど試作してたものがあるから、よかったら食べる？」

「えっ」

語尾に「♡」がつく勢い。

「いいんですか？」

「もちろん。感想聞かせてくれると嬉しいな」

言って、青山がどうぞとドアを開け、招き入れてくれる。

店に入ると、あのときと同じ甘い匂《にお》い。やさしくて清潔な木調の空間。

「じゃあ、好きなところに座ってて」

「はい。――あの」

「なに？」

「……最上くんは、来てますか？」

「いや。でも一八時からだから、待ってたら来るよ」

「そうですか」

そのとき、大きなPOPが目についた。

バレンタインチョコの告知で、可愛《かわい》いウサギのイラストが手描きされている。店の落ち着いた雰囲気からは若干浮いているが、文字といい、高い女子力を感じた。

――青山さんの恋人とかかな？

「このPOPかわいいですね。誰が描いたんですか？」

「僕だよ」

「……え？」

未羽はPOPを凝視する。このウサちゃんとお花を散らした、そのままLINEスタンプにできそうな女子力溢《あふ》れるイラストを、目の前の大柄な三〇代男性が描いたというのか。

「趣味なんだ。イラスト」

「……う、うまいですね」

そう言うと、彼はとても嬉しそうな顔をした。

「飲み物は何がいい？」

青山が尋ねつつ、厨房《ちゅうぼう》に向かう。

「え、えーと、じゃあカフェラテで」

「了解」

未羽は前と同じ席に掛け、わくわくしながらガラス越しの作業をみつめる。

青山がシュー生地を持ってきて、絞り器からクリームを詰めていく。

――シュークリームだ。

ちょっとテンションが上がる。

青山はシュークリームを皿に載せたあと、バリスタがやるように豆を挽《ひ》き、それをマシンに嵌《は》めてエスプレッソを抽出。そこにスチームしたミルクを注いでいく。

その作業はゆったりと余裕があり、けれどいつのまにか完成しているという感じ。颯人の気合と有能感をばしばし放つものとはだいぶ違う。

「どうぞ」

未羽の前にカップと皿が置かれた。

シュークリームだった。粉砂糖がかけられた表面が、ざくざくと香ばしそうに盛り上がっている。

「わあ、この上のところ、クッキー生地ですか?」

「うん」

「おいしそう! いただきます」

手にとって——はっとなる。

はたしてきれいに食べられるだろうか。

かぶりついたとたん、上のクランチがぽろぽろこぼれたりしないだろうか。いや、それだけならまだいい。生地の横からクリームがぶびゅっと出て指についたりテーブルに落ちたら最悪だ。顔だって無事ではすまないかもしれない。

「大丈夫だよ」

青山が察したふうに言う。

「食べやすくしてあるから。シュークリームはやっぱりかぶりつかないとね」

その微笑《ほほえ》みを受け、未羽は躊躇《ためら》いつつも口を開ける。怖《おそ》れよりも食べたい欲求が勝ってしまった。

シュー生地の香ばしい匂い。歯が生地を押すと、少しの弾力のあとに驚くほど歯切れよく裂けた。たっぷりのクリームが口の中に入ってくる。

濃密な花の芳香。

――なにこれ⁉　普通のカスタードじゃない……！

高貴な紫の花束を思わせる風味が口腔《こうこう》から鼻に抜け、上質な甘さとともにさらりと舌に溶けていく。

「……美味《おい》しい‼」

未羽は瞳を輝かせ、青山を振り仰ぐ。

「お花の香りがします！　なんですかこれ？　何使ってるんですか⁉　わたし初めてです！　でもクリームだけじゃなくて、ザクザクしたクッキー生地も食感が楽しいし、上品なクリームの中ですごくいいアクセントになっています！　それから、生地の歯切れがよくて、すごくきれいに食べられます！　これ、そうしてるんですよね⁉」

そこまで言って、未羽ははっとなる。

また暴走してしまった――。

「そこまでわかってくれて嬉しいよ」

青山は喜びの表情で自然と包み込む。

「シュークリームは生地の中からクリームが出たりして、食べづらいことが多いよね」

「そうなんです。『デートで食べたらいけないケーキナンバー1』って言ってる子もいました」

「ははは」

未羽が常々不満に思っていたのは、ケーキの食べにくさである。有名店の美味しくて見た目が素晴らしいケーキも、食べやすさは考慮されていないか犠牲になっていることが多い。

「そうならないように、生地の配合とクリームのバランスを工夫したんだ」

未羽はふと、颯人が以前作ってくれたショートケーキを思い出した。食べやすいように工夫された「切れてるケーキ」。

あれは、師匠の影響だったのかもしれない。

「そのクリームの香りの正体、知りたい？」

「知りたいです！」

未羽は全力で食いついた。

「でも、お花ですよね⁉　なんの花ですか？　薔薇《ばら》？」

「待ってて」

青山はくすりと笑って厨房へ行き、小さな容器を持って戻ってきた。

「これなんだ」

未羽はいそいそと覗き込む。

「……え？」

そこには、アーモンドに似た形の黒い豆が入っていた。

「豆……ですか？」

「うん。嗅《か》いでみて」

未羽は鼻を近づける。

「！　ほんとだ、あの香り！」

驚いた。まさか豆からこんな花のような香りがするなんて。

「トンカ豆っていってね、フランスではよく使われるものなんだ」

「わたし、初めて聞きました」

「日本だとまだマイナーだね。僕も向こうで知ったんだ」

「フランス、行かれたことあるんですか？」

「うん、一年ほど店で修行した」

そう言った彼の表情に刹那《せつな》、複雑な色が浮かんだが、未羽は気づかなかった。

「あの、これ写真に撮っていいですか？」

「もちろん」

未羽はスマホを取り出し、トンカ豆をぱしゃりと撮った。

そのとき、入口のドアが開く。

颯人だった。学生服で、手に大きな東急ハンズの袋を提げている。

「颯人、有村さんが来てるよ」

颯人が未羽の姿を認め、まっすぐ向かってくる。

未羽はつい目を逸《そ》らしてしまう。何かがあったことを見透かされそうで怖かった。

青山が皿とマグカップを持って、厨房に下がっていった。

——二人にしないで！

思った直後、

「有村」

「な……なに？」

「あれから、大丈夫か？」

「うん。大丈夫だよ」

と嘘《うそ》をついた。トイレでのことやメールのことを彼が知れば、自分のことを責めるのではと思った。いや、彼のそのあたりの真面目さは、未羽はもうわかっている。

だから、言えない。

「あっ、もう真っ暗！」

未羽はいま気づいたというふうに席を立ち、カバンを持つ。

「じゃあ最上くん、バイトがんばってね。青山さん、ごちそうさまでしたー！」

そそくさと店をあとにした。

6

家のドアが、いつもより重たく感じた。

玄関に入ると、奥のリビングから夕飯の支度をする音と灯りが洩《も》れてくる。いつもならなんとも思わないそれも、今日は避けたいものとして映った。

愛犬のトラッキーが駆けてきて、くるくる回る。

「ただいま」

靴を脱いで上がると、脚にしがみついてくる。未羽はてきとうにあしらいながら、あえていつもどおりにリビングに入る。

「ただいま」

「おかえり」

「うぃーっす」

キッチンに立つ母と、ソファでだらっとしている妹が迎えた。暖房の温もりに少しほっとしつつ、べたべた歩く。

「さっき未羽ねえに電話きたよ」

「え、どこから？」

「最上って人から」

意味を把握するのに数秒かかった。

「――へ？」

「未羽ねえのスマホ拾ったって、未羽ねえのスマホからあたしのケータイにかけてきた」

言われて、ポケットに手を入れる。

「あっ」

写真を撮ったときのことを思い出す。あれで店に置いてきてしまったのだ。

「学校の友達って言ってたらしいけど」

母が聞く。

「う、うん。そうなんだ」

「ならいいけど」

「あーよかった。変な人じゃなかったんだ」

妹がぐにゃりとソファにもたれかかる。

「これから届けに来ますって言うからさあ」

――え？

「……来るって？」

「うん。かかってきたときはびっくりして、ハイハイって住所答えちゃったけど、切ってからあれ、まずかった？　ってなって」

「…………」

どうして来るんだろう。明日、学校で渡せばいいのに。

――あ、そっか。

師匠《青山さん》に言われたんだろう。

「どうしたの？　やっぱまずかった？」

「ううん、大丈夫だよ」

「最上くんって」

母がカウンターキッチンで洗いものをしながら、

「前にＬＩＮＥやってた子？」

――！

未羽の一瞬の表情を読み取ったように目を光らせ、

「週末出かけたのも、彼とだったんでしょ？」

ガードが間に合わない。

「なるほどねー」

妹はあからさまにニヤニヤした目を向けてくる。こういうところは中学生っぽいと思う。

「どんな子？」

「イケメン？」

そのとき、ドアホンが鳴った。

トラッキーが吠《ほ》える。

「トラッキー」

母が注意しつつ、部屋の通話ボタンを押し「はい」と来客に対応した。

『――先ほど連絡させて頂いた最上です』

自宅のスピーカーから響く声に、未羽はなぜか緊張した。

「あ、けっこうイケメン声」

「でしょ」

母と妹が盛り上がる。

「わたし出てくる」

未羽はそそくさと玄関へ向かう。

「未羽ねえの新しいカレシ見たい」

「違うって」

土間で靴を履き、ドアを開ける。

門扉《もんぴ》の向こうに立つ颯人が、玄関灯の琥珀色《こはく》に浮かびあがっていた。白い息がもやりと霞《かす》む。

「ごめんね、最上くん」

ぱたぱたと歩み寄り、扉を開ける。

「ほら」

小さな紙バッグを差し出してきた。

受け取って中を覗くと、未羽のスマホがちょこんと入っている。

「ありがとう。ごめんね、わざわざ」

颯人が未羽の背後に目を向け、軽く会釈《えしやく》する。

二人が玄関まで出てきたのだろう。もう恥ずかしいなぁと思いつつ、未羽は振り返る。

「「………………」」

母と妹が、乙女の表情になっていた。

はっとなったまま頬を赤らめ、瞳《ひとみ》をきらりと潤《うる》ませている。それはもう、身内が見るにはきついぐらいの乙女ぶり。

——王子恐るべし。

そのとき、颯人が未羽に向かって口を開く。

「有村」

「『はい』」

母と妹がハモった。

「そっちじゃないよ！」

未羽は真っ赤になりながらツッコんだ。消えてしまいたかった。

「……有村」

「……なに？」

聞き返す未羽に、彼は言った。

「少し話したいことがある」

7

「……お、おまたせ」

末羽は、颯人を部屋に招き入れる。

彼の長いシルエットが、自分の部屋の入口をすっとくぐった。

「そこに座って」

親友用の佳奈《クッ》ションをぎこちなく指すと、彼は無言で座った。

末羽も座った。

向き合う。

「…………」

やたらと緊張する。

母と妹が家に上がるよう強く勧め、なぜか颯人もそれに従い——末羽は部屋の緊急クリーニングを行い、彼を入れることになってしまった。

末羽は正座しながら、ベッド、鏡台、カーペットにちらちら目をやり、掃除に見落としがないかチェックする。

つけて間もない暖房から吐き出される温風の音だけが、ごうごうと室内に響く。

「あっ、何飲む？」

未羽が落ち着かず腰を上げたとき、

「いやいい」

颯人が止めた。それは単なる遠慮ではなく、もっと大事なことを始めたいという空気だった。

未羽は再び正座し、切り出す。

「……話、だっけ？」

コンコン。

ノックがしたかと思う間もなく、ドアが開かれた。

「いらっしゃい！」

「お茶を持ってきたよ、未羽ねえ！」

母と妹が、祭のごとき笑顔で入ってきた。

未羽に反応する隙《すき》を与えず奥に踏み入り、颯人の両サイドに座る。

「母の秋穂《あきほ》です」

「妹の翼です」

颯人は客人らしい殊勝な態度で、

「夜分にお邪魔してすいません」

「いえいえ！」

「ぜーんぜん。あ、コーヒーどうぞ！」

アラフォーと中二が等しく乙女の顔をしていた。

「……いただきます」

「ミルクは？」

「砂糖は？」

「ブラックで」

母と妹がわぁーと謎《なぞ》の感嘆をする。

ブラックだからどうしたというのか。未羽は家族の浮かれっぷりに顔が熱くなってきた。

カップに口をつける颯人の横顔をみつめる二人の瞳が、あまりにきらきらしている。見たくない。

「お茶、ありがとう」

未羽は二人にやんわり退出を促したが、見事にスルー。

「最上くん、未羽とは友達って聞いたけど」

「付き合ってる、とかじゃないんですよね？」

「はい」

「『ですよねえ＊』」

——おい。

さっきはあれほど新たなカレシと決めにかかっていたのに。

「あの」

妹がわかりやすすぎるラブビームを出しながら、

「最上さんの好きなタイプって、どんな子ですか？」

「もう、二人とも！」

未羽は耐えられなくなり、立ち上がる。

「いいから！　大丈夫だから！」

「いいじゃない、もうちょっと」

「話あるの！」

ぐずる母と妹を引き立たせ、ぐいぐいと部屋の外に追いやる。

そのとき、下の玄関のドアが開いた。

「あ、翔子《しょうこ》ねえ！　こっちこっち！」

妹が呼ぶと、スーツ姿の姉がどすどす階段を上りながら、

「すごいイケメンが来たってほんと⁉」

——うちの家族。

「マジすごいよ！」

「頼むよー。あたし駅からタクシー乗ってきたんだから」

――聞こえてる！　その恥ずかしい情報、絶対中に聞こえてる!!

死にたくなった未羽のわきをすり抜け、姉がいそいそ部屋に入っていく。

「いらっしゃー……」

姉の声が、途切れた。

振り向くと――今年二三の姉もまた、乙女の顔になっていた。

「……姉の翔子です……」

少女マンガの瞳をしながら、豹《ひょう》のごとき速やかさでイケメンの隣に座る。

「あの……未羽とは付き合ってないんですよね？」

「もー!!」

未羽は姉の腕を引っぱった。

「いいから！　出てって！」

「ちょっ、未羽のくせにこんなイケメン独占とか許されると思ってんの!?　この学生リア充！　しねばいいのに！」

「違うから!!」

未羽は耳まで真っ赤にしながら、姉を押し出す。

するとちょうど父が神妙な顔で階段を上ってきたところで、

「……彼氏は部屋か？」

「昭和の家族か!!」

未羽は全員にツッコんだ。

それから多少の押し問答がありつつ、ようやく家族を一階に追い払い、未羽は部屋に戻る。

「ご、ごめんね、うちの家族が――」

犬のトラッキーが尻尾《しっぽ》を千切れるほど振りつつ、颯人に懐《なつ》いていた。

犬までが！　と未羽は打ちひしがれたのだが、

「よしよし」

トラッキーの頭を撫《な》でる彼は、見たことのないようなやわらかさで、顔をぺろぺろ舐《な》められながら、とても無邪気に笑っていた。

「はは、そうかそうか」

赤子に対するような丸い声を出して、もふもふとだっこしている。

そして、はっ――と未羽の視線に気づいた。

「…………」

きまりの悪い仏頂面《ぶっちょうづら》で、トラッキーをカーペットに下ろす。

「ほらトラッキー、ハウスっ」

未羽は知らんふりをして、トラッキーを退出させた。

去っていくトラッキーをあえて長い時間見送ったあと、未羽はなにげなさを演出して振り返る。

「ごめんね、騒がしくて」

「……いや」

未羽が座り直したとき、颯人がつぶやく。

「仲いいんだな。家族」

「ああ、うん。世界一だと思ってるよ」

颯人が瞬《まばた》きする。たしかに驚くだろうけど、未羽は本当にそう思っているのだった。

「そうか」

彼は茶化したりせず、素直な響きで言う。未羽はその表情がどこか遠いものを見るようだと、ふと感じた。

「そうだ、ええと……」

未羽は髪を指で梳《す》き、置き去りになっていた本題に戻す。

「話って、何？」

すると颯人も表情を改め、コーヒーを一口飲む。

そして、まっすぐに未羽を見て。

「また、何かされたんだな？」

未羽はどきりとする。

「さっき店で見た瞬間、わかった」

「…………」

未羽は頰に手をあてる。そんなにわかりやすく出ていたのだろうか。

颯人がため息をつく。確信を得たふうに。

「何があった？」

「…………うん」

未羽は、今日あったことを話した。机に落書きされたこと、トイレで水をかけられたこと、いやがらせメールが来たこと——。

颯人は静かな面持ちで最後まで聞き終え。

「有村」

「なに？」

未羽の脳天にチョップが落ちた。

「いたっ⁉」

「なぜそれを言わない」

「だって――」

ずびしっ、と再びチョップが落ちた。

「ちょっ、暴力！　こっちの方がよっぽど直接的被害なんですけど！」

手を払いのけると、颯人は苦虫を噛《か》みつぶした表情で――

「まったく……来て正解だった」

と、つぶやく。

「学校や店じゃ、言わなかっただろうからな」

未羽は、はっとなる。

「……だからスマホを届けに？」

「渡すだけなら明日でもいいだろ」

それって、もしかして。

「心配、してくれたの？」

「当然だ」

きっぱり言い切る。未羽は刹那、胸の奥を苦しくさせた。

「そのメール、見せてくれ」

彼が大きな手を差し伸べてくる。

「あ、うん」

メールの画面を開き、液晶を拭いてから渡した。

颯人は受け取り、メールを見る。眉《まゆ》をひそめた。

「パソコンからだな」

「え？」

「貼《は》られたURLをよく見てみろ。先頭のところ」

未羽は言われたとおり、URLを見た。

vhttps://www.frtube.com/watyh?v=ygSFSvtqZyk

「あ——これは『v』？　……なにこれ」

「ショートカットキーだ」

「へ？」

「パソコンでコピーした文字をペーストするときのショートカットキーが『ctrl』＋『v』」

ずっと前に授業か何かで習った気はする。だがあまりパソコンに触らないので忘れていたし、コピペはマウスでやる。ショートカットキーなど使えない。

「おそらくURLをペーストするときに一度ミスして『v』だけが入力されたんだ。つまり、このメールを書いた人間はある程度パソコンに慣れた人間で、かつ急いでいた可能性が高い」

　颯人はすらすらと淀《よど》みなく話す。

「そして、もう一つわかったことがある。——これは、告発だ」

「え？」

「タレコミメール。おそらくこの動画の内容が、お前に嫌がらせを続ける犯人の正体につながっている」

　唐突すぎて、未羽にはついていけない。

「……なんでそう思うの？」

　颯人はメールの画面を向けてきた。

「最後を見てみろ」

汝に仇為す者

vhttps://www.frtube.com/watyh?v=ygSFSvtqZyk

黙示録のサタンより

「……わたしを憎んでるサタンってことだよね？」

黙示録とか、いかにも嫌がらせらしい幼稚なネーミングだと思う。

「違う」

颯人が言った。

「聖書の黙示録で、サタンは『告発者』として描かれる。アダムに林檎《りんご》を食べさせ、イエスや信者を誘惑し、その罪を神に告発することで神と人を引き離そうとする存在として。わざわざ『黙示録の』と付けている時点で、そう読ませたい意図は明白だ」

「……なんでそんなこと知ってるの？」

「サタンは告発者。そう読んだとき——このメールの文章はまったく違った意味になる」

未羽はもう一度メールを見た。

「……たしかに」

汝に仇為す者はこれである、とタレコミをする意味になった。

未羽は圧倒された。

自分が見逃していた細かい部分に気づき、一を聞いて十を知るを地でいく感じで犯人像に迫ってしまう。それはまるで——

「最上くんって、名探偵みたいだね」

すごい勢いで睨《にら》まれた。

「ほめたのに！」

颯人がスマホを操作すると、チープな音でオペラ座の怪人のメロディーが流れ始めた。

彼が顎《あご》に指をあてて考える。

「……じゃあ、それがヒントってことか」

未羽も考える。

「……オペラ座の怪人のストーリー？　登場人物とか、作者とか………」

未羽は頭をかく。

「なんでこんな回りくどいことするんだろ。はっきり教えてくれたらいいのに。急いでたんでしょ、その人？」

瞬間。

「――――なるほどな」

彼の瞳に、理知的な光が宿る。

「有村、クラスの名簿はあるか？　あとＬＩＮＥも見せてくれ」

「え？」

有無を言わせない雰囲気。未羽は言われるままクラス名簿とスマホを渡した。

颯人は名簿を左から右に読んでいき――目の動きを止めた。スマホを手にすることはなく、体から力を抜く。

謎が解けた。表情がそう言っていた。

未羽は声をかける。

「ねえ、どうしたの」

「……何かわかったの？」

「ああ。全部わかった」

「全部!? ってことは、オペラ座の怪人のヒントが解けたの？」

「それは一瞬で解けていた」

「へ？」

「俺がわかったのは、その先に存在していた事件の全容だ」

「……事件の、全容？」

ついていけず、鸚鵡《おうむ》返《がえ》しするしかない未羽。

「わかるように説明してやる」

颯人が不敵に言った。

8

翌日の放課後。
未羽は、学校にほど近い公園で人を待っていた。
人目に付かない外れの木陰。
吐く息が濃い白になる。今日は雪が降りそうなくらいに寒く、雲が重い。
朽ちた葉のにおいが微《かす》かに漂うそこに――足音が響いた。
こちらに向かってくる。
未羽がメッセージで呼び出した人物だろう。
凍る土を踏みしめる小さな音に、未羽の心臓が早鐘を打つ。
胸を押さえながら、頭の中で言うべきこと、その順序を必死で反芻《はんすう》する。
漫画やドラマの名探偵は、どうして犯人を告げるとき、あんなに淀みなく堂々として
いられるのだろうか。人の罪を指摘しようとしているのに。もし間違っていたら取り返
しがつかないのに。それとも、内心は不安でいっぱいなのだろうか……。
「有村さん」
よく通る声で呼ばれ、振り向く。

そこに立っているのは――美峰理紗。

「ごめんね」

未羽は淡く笑って、木から離れる。

「大事な話って何？」

そう問いかける彼女は、とても落ち着いて見えた。硬質の美貌《びぼう》が、冬の公園にとても合っている。

「あ、うん……」

なかなか切り出せず、目を伏せる。

「このあと生徒会の仕事があるから」

「ごめん」

未羽はひとつ息をして、理紗とまっすぐ向き合う。

理紗が腕を組む。

「わたし昨日、机に落書きされたでしょ」

「ええ」

「他にもトイレで水かけられたり、変なメールが届いたりしたんだ」

痛ましい表情をする理紗の反応は、自然なものに映った。

「ほら、これ」

未羽は理紗にメールを見せる。

「……嫌がらせメール、に見えるわね」

「うん。でもそうじゃなかった。これは、犯人を教えるタレコミメールだったの」

続いて、その根拠を説明した。

「そしてこの動画の謎も解けた」

未羽の言葉に、理紗はなんの表情も浮かべない。

「これは作品じゃなく、同じパリのオペラ座を由来に持つケーキのことを示していたの」

「……オペラ」

理紗が答える。

「そう。このケーキには、世界一有名な絵画と結びついた由来があるの。美峰さんは知ってる?」

理紗は答えない。

「専用のスポンジ生地『ビスキュイ・ジョコンド』は、ある女性の名前が由来になってるの。ルネサンス時代のフィレンツェの商人、フランチェスコ・デル・ジョコンドの妻。彼女はあの『モナ・リザ』のモデルになった女性で、名前はリザ。スペルはLｉｓａ。これを英語読みに直せば……」

未羽は彼女をみつめる。

理紗は静かにそれを受け止めていた。

二人の息が、白線のように横に流れる。

「……なるほどね」

風でほつれた髪を、指で後ろに流す。

「メールの謎を解いた結果、私の名前が出てきた、と」

「………」

「そのメールが真実だと、どうして決められるの？　謎の答えが合ってるって出題者に確認は取った？　それとも私が犯人だという証拠があるのかしら」

淀みなく指摘する。

その早口で少し攻撃的な響きが、どこか芝居がかって聞こえた。

未羽が再び口を開こうとしたとき——理紗がため息をつく。

「まあいい……」

ふっきれた笑みを浮かべた。

そしてモードを切り替えるように、未羽に挑みかかるまなざしを向けてくる。

「そうよ。私がやったの」

「ううん違う」

未羽は即座に否定した。

何か言おうとした理紗の口が、開いたままになる。

「犯人は美峰さんじゃない」

漂う静けさの種類が変わった。

「調べたの。私がトイレで水をかけられた時間、美峰さんは食堂にいた。証人はたくさんいる」

そう。

彼女のアリバイは、いともたやすく証明されてしまったのだ。

「私がメールを受信したとき、美峰さんが生徒会室にいたこともわかってる。それから、コピペのミスで、あのメールがパソコンから送られた可能性が高いことも」

理紗が唇を噛む。

「このメールを送った『告発者《サタン》』は、美峰さん自身だよね。生徒会室のパソコンから送信した。記録を調べれば明らかになる。これは証拠になるよ」

凍てついた公園で、理紗のまわりだけが熱を持ったふうに映った。

未羽は吹雪にあったように目をすがめる。ここからが本題であり、口にすることがつらいものだった。

「……頭のいい美峰さんが、どうしてこんな穴だらけのことをしてまで自分が犯人だってことにしようとしたのか。それは──」

「やめて！」

鋭い声があたりに響き渡る。

余韻の中、理紗が奥歯を締めてうなだれる。

「……お願い、許して……」

喉《のど》の奥から絞り出す。

「もう有村さんにはこの先何も起きないし、起こってしまったことは、私が償うから……」

言って、未羽をみつめてくる。すがりつくまなざしで。

返答に詰まっていると、理紗が膝《ひざ》を折り、身を低くする。土下座しようとしている。

あわてて止めようとしたとき──

「りっちゃん！」

誰かが理紗の背後から駆け寄り、抱き止めた。

振り向いた理紗は驚愕《きょうがく》のまなざしをし……悲しげに歪《ゆが》めた。

そこにいるのは理紗の親友。

委員長の、春日菜穂子。

＊＊＊

お菓子が焼けるまでテーブルでおしゃべりする時間が、理紗と菜穂子は好きだった。二人が遊ぶときは決まって焼き菓子を作る。

今日はスペキュロスというスパイスクッキーを作った。いつものようにたくさん作ったので、明日クラスメイトのみんなに配るつもりだ。

オーブンの温かな音と灯りに包まれたダイニングで、理紗と菜穂子はマグカップのミルクティー片手に他愛《たわい》のない——素敵なことを話していた。

「あ」

理紗が何かに気づいて席を立つ。

「どうしたの？」

「粉が残ってた」

フローリングについていた小麦粉を、湿らせたキッチンペーパーで手早く拭《ふ》き取る。

「ご、ごめんね」

菜穂子が腰を浮かせた姿勢で謝る。粉を混ぜるときに派手に飛ばしてしまったのだ。

それはもう豪快に泡立て器《ホイッパー》を回した。

「菜穂子は普段はぽやっとしてるけど、こういうのはダイナミックだよね」

笑う理紗に、菜穂子がへこむ。

「だめだなあ、わたし」

頭についた犬耳がぺたんとなったのが見えるようなしおれ顔に、理紗はムラムラたまらなくなり——

「そんなことないよ！」

光の速さで抱きつき、頬をすりすりした。

「よーしよし！　よーしよし！」

頬ずりに留まらず、二人きりのバージョンとして頬にキス、あまつさえそのやわらかな頬肉をたこ焼きのごとくずぼっと吸い込む。

「もー、やめてよりっちゃ～ん」

「よいではないか」

もしクラスメイトが見たらドン引き間違いなしの眼鏡痴女ぶりだった。

オーブンランプに、クッキーが照らされている。

近づくと熱が当たって心地よい。

「りっちゃん、どう？」

「まだ」

クッキーのずらりと並んだ天板が、上下二段になっている。かなりの枚数だ。実はクラスメイトに配るためというより、遊びとしてのやりごたえの問題で量産に至っていたりする。

「もうすぐバレンタインね」

テーブルに戻り、理紗が時事ネタを振る。

「あげる人いないないなー」

と、一応の自虐《じぎゃく》のポーズをし、

「菜穂子は？」

と聞く。いつもなら二人して「いないねー」と、さほど深刻でないノリで言い合う流れだ。しかし。

菜穂子が、真っ赤になって目を伏せていた。

「いるの⁉」

理紗がガタッと立ち上がる。そのままテーブルに身を乗り出し、菜穂子の二の腕をつかんだ。

「え、誰⁉　お母さん聞いてないよ⁉　誰⁉」

取り調べの結果、菜穂子は白状した。

「…………最上くん」

罪悪を感じているような、か細い声で。

理紗は愕然とする。まさかの冷酷王子。

「え、いつから?」

「……小五のとき」

「早!」

二人きりのときの理紗は、ツッコミも鋭い。

理解できないというふうに額を押さえる。

「……なんでよりによって冷酷王子?」

「最上くんは冷酷なんかじゃないよ」

菜穂子はさっきとは一転、はっきりとした態度で否定する。

「ほんとはすごくやさしい人なの」

そして、好きになったきっかけを語りだす。

「……わたしね、修学旅行の実行委員になったの。くじ引きで」

「菜穂子はほんとそういうの縁があるよね」

理紗があきれたように言った。

実行委員の仕事はそれなりに楽しいものだったが、菜穂子は頼み事をしやすい雰囲気があるせいで何かと用事を言いつかることが多かった。

その日の放課後もそうで、職員室で雑事を手伝ったあと、一人で下校しようとした。

すると下駄箱《げたばこ》でばったり颯人と会ったのだ。

クラスメイトだったが、特に接点はない。

だから挨拶《あいさつ》もしない。

夕方の、他に誰もいない下駄箱で、ちょっと気まずく靴を履き替えていた、そのとき。

「……大丈夫か？」

彼が話しかけてきた。

菜穂子が「どうして？」と聞き返すと、彼は少し困ったふうに頭をかき、言い訳みたいに言った。

「なんか、疲れてそうだったから」

彼が照れたように足早に帰っていく。

そのうしろすがたを、菜穂子はぼんやりとした表情で見送った――。


「……それだけ？」

理紗が聞くと、菜穂子がはにかむ。

「変だよね」

理紗はまなざしをやわらげ、感覚を共有した。

「わかる気はする」

あたりにシナモンと焼けた生地の香りが漂い始める。

「……伝えなくていいの？」

「うん」

菜穂子は当然のように答える。

「わたしはデブだし、ドジだし、わかってるから」

星を仰ぐような穏やかさで笑む。

「でも、りっちゃんに話してよかった。なんかすっきりしたし、それに……」

わたしのこの気持ちを、自分以外に知ってもらえたから。

微笑《ほほえ》んだままの瞳の端から、ぽろぽろと涙が零《こぼ》れだす。

「……ありがとう、りっちゃん」

理紗は胸が締めつけられる。

諦《あきら》めちゃダメだよ、告ってみようよ、なんてたきつける無責任さは持てない。相手が相手だ。けれど――

「……こんなわたしと友達でいてくれて……」

悲しみのスイッチが入って零れてきた、親友の言葉は。

「わたし、こんなだからさ……りっちゃんがいつも助けてくれないと、今頃みんなに嫌われてたと思う……」

それだけは、断固否定しないといけない。

「違うよ菜穂子」

声がかすれていて、理紗は自分が泣きそうになっていることに気づいた。

「助けられてるのは、私の方だよ……」

濡《ぬ》れた目できょとんとする菜穂子に、理紗は語った。

自分がひどく融通の利《き》かない人間であること。

好意を持たれがたい性質で、小学生の頃はずっと敬遠されてきたこと。嫌われていたこと。

でも中学で菜穂子と出会って、自分の中に別の一面が生まれてきて、それが人を遠ざけていた棘《とげ》の先を丸くしてくれて、まわりとの関係が変わったこと――。

「救われたのは、私」

涙でべたべたになったメガネを取り払って、また菜穂子の腕をつかむ。

「……私の方だよ。こんな私と友達になってくれてありがとう、菜穂子」

菜穂子はずっと留めていた表情を、くしゃりと崩す。赤鬼のように泣く。

「……りっぢぁん……」

「菜穂子……」

みつめ合い、落ちる速さを合わせようとしているかのように涙を垂らす。

いきなり、菜穂子がオーブンに振り向く。

「呼んでる」

「……え？」

「りっちゃん、もう焼けるよ」

菜穂子がイスから立つ。

「まだ五分くらいあるよ」

「呼んでるもん」

言いながら、ぱたぱたオーブンに向かう。

マジかとつぶやき、あとを追う理紗の表情は、疑っているそれとは違う。

オーブンの窓を覗《のぞ》くと——たしかに、ちょうどよいタイミングになっていた。

「ほんとに焼けてる」

「ね」

菜穂子はスイッチを切り、蓋《ふた》を開ける。むわっと香ばしい熱気が溢《あふ》れてきた。

こういうことは、今日が初めてではない。むしろ何度もあることだった。

「呼んでるの、クッキーが？」

「そうだよ。『もう焼けたよー』って声が聞こえてくるの」

ふんわりと笑う。

理紗にはさっぱりわからない。わからないけど、すごい。

「変なの」

と笑う。

「……ねえ菜穂子。バレンタイン、ケーキ作ろうよ」

「え⁉」

菜穂子が、びくっと震えた。

「最上くんにあげるやつ」

「むりむり！　絶対ムリだよ‼」

サメの餌《えさ》にでもされようとしているかのごとく拒否する。

「もし、あげられなかったらさ――二人で食べたらいいじゃん」

理紗がそう言ったとたん、菜穂子の瞳が輝いていく。

「それいいね」

「でしょ」

「うん」

「ちょうどいいケーキがあるの。オペラっていってね」

「オペラ？」

「うん。コーヒー風味のチョコケーキ。これには面白い逸話があってね……」

夕暮れ。焼きたてのクッキーの匂《にお》いに満ちた部屋で、二人は楽しそうにおしゃべりをする……

9

「わたしが、やりました」

菜穂子が言った。

理紗は止めるのが間に合わなかったというふうに硬直している。

「机に落書きしたのも、トイレで水を掛け——」

「なに言ってんの！」

理紗が菜穂子の口をふさぐ。

「有村さん、違うから。やったのは私だから」

彼女の必死さに、未羽はせつないまなざしになる。でも、どちらかが犯人だと決まっているのなら、真実をはっきりさせるべきだと思う。

「……美峰さんがそうまでしてかばいたい相手は、委員長しかいないよ」

理紗が言葉に詰まる。それでも何か言い返そうとしたとき、菜穂子がそっと彼女の手を取り、相手に戻す。

「有村さん」

深々と頭を垂れた。

「本当に申し訳ありませんでした」

消え入りそうに声が震えている。

「わたしはなんでもします。でも、りっちゃんは何もしてません。本当に無関係なんです」

懸命な訴えを最後まで聞き、未羽はこう返した。

「そうは思えないな」

菜穂子があわてて顔を上げる。

「本当だよ！　りっちゃんは何も――」

「変なメール送られたもん。怖い思いをした。わたしからすれば、共犯だよ」

二人は何も返せないという悲痛な表情になる。罪の重さがのしかかったふうに沈み込む。

「だから――ケーキ買ってきて」

うなだれた二人の頭に、未羽の言葉が降った。

菜穂子と理紗が、え、というふうに顔を上げた先で――未羽が腕組みをしている。

「聞こえなかった？　ケーキよ。飯田橋《いいだばし》に週三日しか営業してない行列できまくりのお店があるから、そこのケーキ買ってきて」

…………。

二人は未羽の真意を測るような目をするが、

「チョコのやつね」

未羽はぶれない。

すると二人は、じわじわと何かを理解して瞳を揺らす。そこには未羽に対する申し訳なさと、改めての後悔と、感謝が浮かんでいた。

未羽はそれを照れ隠しで無視し、ことさら偉そうな顔でうなずく。

「よし！　これでおしまい！」

からりとした声が、冬枯れの梢《こずえ》に響き渡る。


未羽が一人で公園を出ると、そばの壁に颯人がもたれていた。

「終わったか」

「うん」

未羽の披露した謎解《なぞと》きは、颯人から聞いたものだった。

「どういう結果になった」

「ケーキ買ってもらうことになった」

「……それだけか？」

「うん」

颯人は釈然としないふうに顔をしかめる。

「甘いやつだな」

「『カー・ヴァンソン』のだよ？」

「ケーキバカ」

「うるさいよ」

未羽は彼と少し距離を置いた壁沿いに立つ。

「……誤爆の内容がわかったが」

「いい」

未羽は首を振る。

颯人が言っているのは、この事件が菜穂子の単独犯から理紗との共犯に移行したきっかけとなった、あるアクシデントについてだ。

SNSの誤爆ツイート。

菜穂子が裏アカウントでつぶやく内容を、うっかり表に投稿してしまった。

すぐに気づいて削除されたが、たとえ三〇秒でもフォロワーの誰かが見ている可能性は高い。

理紗も、その一人だった。

生徒会室での作業中、菜穂子の誤爆ツイートを見た理紗は、すべてを悟った。自分以外にも、これを見たクラスメイトはいるだろう。このままだと菜穂子が犯人だとばれてしまうかもしれない……。

理紗はあわてて対策を考え、実行した。そうして生まれたのが、あの告発メールだった。

「誤爆の内容は、罪悪感を綴《つづ》ったものだったらしい」

「……。そっか」

向かいの道路を自動車が一台通り過ぎていく。タイヤがアスファルトを擦る音が、砕けた波のような響きで壁に広がる。

「最上くんは、どうしてあの告発メールが罪をかぶろうとするものだってわかったの？」

それが未羽には不思議だった。謎を解いて理紗の名前が出てきたとき、未羽は理紗が犯人と疑わなかった。

「コピペの件や、不自然な感触は元々あったが、一番はお前の言葉がヒントになった」

「わたし？」

「言っただろう。『こんな回りくどいことをしないで、はっきり教えてくれたらいいのに』と。たしかにそうだ。ならばなぜ、あんなことをしたのか……そう考えれば自《おの》ずとわかった」

「どういうこと？」

颯人がひとつ鋭い息を吐く。

「人は、自分で解き明かした答えを信じやすい。直接こうだと告げるよりも、ああして誘導した方が効果的だ。しかもケーキにまつわる謎なら、お前が解ける可能性が高いと考えたんだろう」

「……解けなかったけどね」

「解けただろう。解いたのがお前自身かどうかは関係ない。美峰もそこまでを含んでいたはずだ」

俺にはわかる——そんなふうに、頭の良いもの同士が高い位置でわかりあっている気配がした。

「はあ、なるほど」

未羽はつぶやくしかない。

「ただ、ヒントが多すぎたな。『黙示録』や『ケーキを愛する』。誘導したいと宣言しているようなものだ。まあ、そのくらい易しくしないと、お前相手には不安だったのだろう」

未羽はいろいろ言いたいことがあったが、面倒なので黙っておいた。と——

「有村。ひとつ聞いていいか」

「お、珍しいね。何？」

「なぜ俺を同席させなかった？」

未羽は、えっ、と洩《も》らしそうになる。その驚きをどう解釈したのか、

「お前が謎を解いたことにしたかったのか？　まあ、俺はべつに構わないが」

やれやれと、子供のわがままに付き合うようなニュアンスで言う。

「……………」

未羽は開いた口が塞《ふさ》がらない。

まさか、あの場に最上颯人を同席させなかった理由を察していなかったとは。

「なんだその顔は？」

「最上くんって、頭いいけどバカだったんだね」

颯人が目を見開く。

それは彼らしくない大きな反応で、言われたことがないんだろうなと未羽は察した。

「どういう意味だ」

プライドが刺激されている顔。

「自分で考えなさいよ。じゃ」

「おい待て」

「ついてこないで、変態」

「……………！」

颯人が愕然と立ち止まる。これも言われたことがないのだろう。

いい気味だと思った。女心に鈍感な冷酷王子には。

「じゃあね、ケーキ王子」

さりげなくバカにして、手をひらひら振りつつ歩いていく。

彼を同席させなかった理由など、明白だ。

好きな男子に、自分の罪を——よりによってあんな罪を裁かれたい女子がどこにいるというのか。

だから武士の情けで、やりたくもない探偵役をやったのだ。

駅に向かう舗道で人混みに交じりながら、未羽はふと上を向いてため息をつく。

白い塊が灰色の空に向かってほどけ、美しく儚《はかな》く透明になった。

オペラ

フランスの洋菓子店『ダロワイヨ』のシリアック・ガビヨンが
1955年に生み出したケーキ。名はパリのオペラ座に由来。
フランス生まれのケーキに関わらず『ビスキュイ・ジョコンド』が
フィレンツェのリザ夫人に由来しているのは、
アーモンドを使ったお菓子には名産地であるイタリアに因む名前を
付けるのが慣習になっているから。
全国のダロワイヨなどでお求めになれる。
作中に登場したトンカ豆を用いたシュークリームは、
東京茗荷谷の「l'essentielle」などでお求めになれる。

quatre

ティラミス

1

未羽はドアを開けた瞬間、のけぞりそうになった。

日曜の午後、モンスールガトーの店内は、ものすごく混んでいた。

「いらっしゃいませ」

奥のカウンターから青山が言い——未羽であることに気づいて目で挨拶《あいさつ》してくれる。

未羽も応《こた》える。が、

「すいませーん」

「お決まりでしょうか」

客に呼ばれ、素早く対応に戻った。

——甘かった……。

未羽は痛感した。

閉店後に来てほしいと、颯人にメッセージで呼ばれた。

詳しくは聞いていないが、頼みたいことがあるらしい。ならばついでに早めに行ってケーキを食べようと思ったのだが……。

ショーケースの前にはケーキを吟味する女子たちがミツバチのごとく集まっており、壁ぎわには注文したケーキを待つ客や、三卓しかないイートインスペースの順番待ちがずらりと並んでいる。口コミ系の人気店だという気はしていたが、予想を超えていた。

小さな店なので窮屈なことこの上ないのだが、女子たちはまるで不快そうでなく、むしろそんなこと気にする暇もないというふうに——ある一点に熱いまなざしを送り続けている。

「お待たせしました。タルト・オ・フリュイ・ノワールとガトー・フレーズ。アールグレイ、カフェラテでございます」

颯人が、優雅な動作でケーキとお茶を置いていく。

未羽は驚愕《きょうがく》した。なぜなら——

「ごゆっくりお召し上がりください」

スマイル。あの颯人が、別人のような愛想の良さで接客していた。

彼の王子然とした微笑《ほほえ》みを、客の女性たちは運命の出逢《であ》いをしたかのようなまなざしで仰ぎ見ている。

一礼してホールを軽やかに歩く彼は、絶え間なくやわらかな空気を纏《まと》っており、まるで春の王子様。

マダムも、子連れの若いママも、その就学前の子供も、学生も、みんな同じ乙女の瞳《ひとみ》をしてきゅんきゅんハートを飛ばしている。

末羽はその颯人の姿が、銀座のフレンチのウエイターたちに似ていると感じた。もしかしたら、学んで取り入れたのかもしれない。

――やるじゃん。

謎《なぞ》の上から目線で思ったとき、颯人と目が合った。

末羽は、青山のときと同じく微《かす》かな笑みとともにアイコンタクトで挨拶する。

ガン無視された。


「無視しなくていいでしょ！」

閉店後のテーブルで、末羽は颯人に抗議した。

先ほどまでの混雑が嘘《うそ》のように店内は広く、しんとしている。

そんな人気店のクローズ後の空間にいることは少し不思議で特別な感じがした。

しかも、女子たちの注目を一身に浴びていた王子様と同席となれば、さぞ羨《うらや》ましがられるだろうなと思いつつ……

「何故《なぜ》あの忙しい中、お前に構わないといけない」

テーブルに片肘《かたひじ》をつきつつ、鼻息とともに言い放つ。

「それこそエネルギーの無駄というものだ」

素の彼は、無愛想で冷ややかで、本当にいやなやつなのだった。

「最上くんが呼んだんでしょ！」

「閉店後に来いと言った」

「まあまあ」

青山が間に入る。そして、

「颯人。頼みごとをする相手にその態度はどうかと思うよ」

いつもの穏やかな表情で指摘する。

「そう、それよ。頼みごとって何？」

未羽が聞くと、青山は視線で颯人を促す。

颯人は立てていた肘を寝かせ、未羽を見た。

「……来週に『近江杯《おうみ》』というコンクールがある」

「コンクール？」

「全国の菓子職人が、決められた種目で技術を競うものだ。俺はそのジュニア部門に参加する」

そういうのがあるんだ、と未羽は思った。でもたしかにあるはずだとも。

「その手伝いをしてほしい」

「えっ」

未羽はふるふると首を振る。

「ムリだよ、わたしお菓子とかあんまり作ったことないし、不器用だし……」

「わかってる」

――ちょっ。

「心配するな。作品の運搬を手伝ってもらうだけだ」

「作品の運搬……？」

颯人がスマホを取り出しながら説明する。

「コンクールでは『ピエスモンテ』という飴《あめ》細工のオブジェを作る」

スマホを見せてきた。

湾曲した柱に、花をはじめとする色鮮やかな飾りを付けた彫刻作品。

「あ、見たことあるかも。……これぜんぶ飴でできてるの？」

「ああ」

「すごい。最上くんも作れるの？」

「だからコンクールに出るんだろう。日本語が不自由なのか」

「うるさいなあ！　確認だよ！」

「当日、俺の作品をこの店から会場まで運ぶのを手伝ってほしい」

未羽は安心した。それならできそうだ。

「まあ、いいけど」

「そうか」

颯人は軽く椅子《いす》にもたれかかり、

「助かる」

思いがけず、素直に言った。

「ありがとう有村さん」

青山も礼を言ってくる。

「ただ、気をつけてね」

「何がですか？」

「ピエスは見たとおりすごく細かいから、壊れやすいんだ。参加者はそれがわかってるから慎重に慎重をかさねて会場まで運ぶんだけど……それでも必ず壊してしまう人が出る」

「え……それ、どうなるんですか？」

「修正できる破損なら別室で直せるけど、無理ならそのまま提出だね」

救済はないということだ。

「跡形もなく壊れた作品の前に、写真が置かれてることもあるよ。『壊れる前はこうでした』っていう」

「やだ！　せつない！」

「作品をケースに入れるところから緊張の連続だし、車の中では極力揺れを抑えなきゃいけないし、現地に着いてから会場のテーブルまで手で運ぶのも、神経を使う。けっこう大変なんだ」

「…………」

聞いているだけで、どきどきしてきた。

颯人に向かってそっと上目遣いをし、

「……あの、わたしやっぱり自信ないかも……」

「心配するな。慎重にやれば大丈夫だ」

「……もし、もしだよ？　わたしがヘマやって、壊しちゃったら……？」

颯人から伝わる温度が、一気に落ちた。

背筋がぞわっとなった。

「ムリムリ！　そんな責任負えないよ!!　悪いけど他あたって！」

「ただとは言わない。礼は、この店のケーキ食べ放題だ」

「やります」

そういうことになった。

2

これから飴細工の練習をするというので、見せてもらうことになった。

厨房《ちゅうぼう》に入ったとたん、何かを煮詰めている甘いような、もやりとした匂《にお》いが立ちこめる。

見ると、テフロンの手鍋《てなべ》で透明な液体がぐらぐら煮立っている。

「これが飴?」

「うん。イソマルトっていう甘味料を煮たものだよ」

青山が答える。

「甘味料、ですか?」

「うん。ちょっと前までは普通に砂糖を使ってたんだけど、こっちの方が扱いやすいんだ」

「へえ」

と話している間に、颯人が赤外線を当てるタイプの温度計で鍋の温度を確かめた。

「危ないから、どいてろ」

未羽に言って、鍋を持ち上げる。

後ろの作業台に向き直り、敷いていた樹脂シートの上に溶けた飴を落とす。円状にとろとろと広がっていく。

そこへ、食用の赤い色素をほんの数滴ふりかけた。

奥のスペースには、前もって作っておいたらしき飴製のパーツが冷やされている。円《まる》い金型に流されたものや、細長いゴムのような棒を曲げた三日月のすき間に流されたものなど、様々あった。

颯人がゴム手袋をはめ、シートに落とした飴の端っこを触る。少し固まりだしていて、グミのようにめくれた。

外側をめくり上げながら、ゆっくり中心に集めていく。つきたての餅《もち》のような質感だ。寄せて歪《いびつ》に盛り上がった飴の塊を、掌《てのひら》で潰《つぶ》す。それを両手で麺《めん》のように引き伸ばし、折り畳んで、また掌で潰す。

繰り返すうち色が全体に混ざり、表面が艶々《つやつや》してくる。

引き伸ばした飴は、まるで流れるような光沢。

「絹糸みたい……」

未羽が思わずつぶやくと、

「未羽ちゃん、ちょっとだけやってみる?」

青山が提案してきた。

「えっ、いいんですか？」

「…………」

「青山さん、あの人すごいイラッとした目でこっち見てます！」

「颯人。手伝ってくれる人に理解を深めてもらうのは大切なことだよ」

師の言葉に、颯人は露骨に不承不承という感じで場を譲ってきた。

「未羽ちゃん、手袋のサイズはSでいい？」

「はい、ありがとうございます」

「この指先が強化されたゴム手袋ね、フランスの職人が来日したとき、まとめて買っていったりするんだよ。向こうにはあんまりないらしくて」

「そうなんですか！」

こんなドラッグストアで売っている日用品が。

日本すごい。そう思って袋の表示を見ると『生産国・台湾』と書かれていた。

手袋をはめ、未羽は作業台に進み出る。

「じゃあ、失礼します」

「熱いからな」

颯人が注意を促す。

「そうなの？」

飴を見る。スライムとプラスチックの中間みたいな質感をした、紅色の塊。

片手でそっと……ふれてみた。

──あ、なんだ。言うほどじゃない。

持ち上げて、ぎゅっと握る。ほんの少し指の形にへこむ。なるほどこういう感触かと思っていると、手袋越しにじわじわ熱が浸透してきて……

「──あっつッ！」

台の上に置き、掌を激しく振る。

「調子に乗るからだ」

「うぅ……」

「持ちすぎなければ大丈夫だから」

青山が苦笑しつつ言い、

「じゃあ、飴を引いて伸ばしてみようか」

「はい……」

未羽は今度は慎重に持ち上げ、両手で引っぱった。思ったより硬い。

「んん～っ」

力を込めると、ぐいーんと粘った伸び方をする。まん中が細くて垂れそう。

「それを折り畳んで」

言われたとおり、台の上で一回、二回と折る。

「体重を乗せて、掌で伸ばす」

「……ふっ……んっ……！」

心臓マッサージのように押し込み、どうにか折り目が消えるくらい平らになった。

「……はあっ」

重労働だ。

「代われ」

颯人がずいと前に出てきて、飴を手に取る。

軽々と引き伸ばした。

折り畳み、素早く押し込む。腕に力強い筋が浮く。

一連の動作を何度も繰り返す。

「どうだった、有村さん？」

「大変でした」

「そうだよね。大変なんだよ」

青山が微苦笑する。

一度体験したあとでは、颯人の作業の見え方がまるで違った。あんな重労働を軽々とやっていて、本当にすごいと感じられた。

ほどなく、颯人が小さな台を持ってきた。古い漫画のロボットの頭部みたいな、無骨なライトがついている。

「あれはなんですか?」

「ヒートランプだよ。温めないと、飴が固まっちゃうからね」

その台の上で、颯人がそれまでと違うことを始めた。

指の腹で、飴の表面を背びれのように薄く伸ばしていく。その一部を指でつまんで引っ張り——鋏《はさみ》でパチンと切り離す。

両手の指で形を整え、脇《わき》に置いた。

薄い、菱形《ひしがた》のような欠片《かけら》。

それをひたすら量産していく。

——なんだろう、あれ……?

かなりの枚数が貯《た》まったところで、今度はそれを一枚ずつアルコールランプで炙《あぶ》り、組み合わせていく。

一枚、また一枚と合わさり、まとまった形になっていく。

——あ。

薔薇《ばら》だった。

飴で作ったとは思えない本物そっくりの薔薇が、彼の手の中で咲いていた。

——すごい……。

末羽はその技と、澄んだ艶を持つ美しい花に見とれた。

そのとき、颯人がスプレーを手にし、薔薇に向かって吹きつける。

プシッ、と、場に似つかわしくない工業的な音がした。缶を見ると「エアダスター」と書いてある。

「青山さん、あれは……？」

「エアスプレーだよ。冷やして固めてるんだ」

「あ、なるほど……」

本来、カメラなど機械の清掃に使われるスプレーの音が、プシップシッと連続して響く。まるで自転車屋や町工場の趣だ。

無骨なヒートランプ、アルコールランプ、エアスプレー。

末羽は改めて思う。菓子職人《パティシエ》の仕事はイメージしていた「甘くてふわりとしたもの」ではなく、大工やエンジニアに通じた、まさしく「職人《クラフト》」のそれなのだと。

そして時々、指先から魔法が生まれたりもする。

幾輪かの薔薇を完成させ、颯人がタオルで汗をぬぐう。とても暑そうだ。

末羽が壁の時計を見ると、開始からもう五〇分が経《た》っていた。

「練習って、どれぐらいやるんですか？」

「一回ごとに、ひとつの作品が完成するまでだね」

「大変ですね……」

「うん。本格的にやるとなると、コンクールの何ヶ月も前からほぼ毎日だったりするしね」

「えっ!?」

大きな声が出てしまい、あわてて口を押さえた。

だが時すでに遅し。颯人にぎろりと睨《にら》まれる。

「黙れ」

「ご、ごめんなさい」

「二度としゃべるな。息もするな。可能なら生まれた日まで遡《さかのぼ》って消えてくれ」

「存在ごとなかったことにしようとしてる！」

「颯人」

青山にたしなめられ、颯人は作業に戻った。

「颯人も、さすがに毎日とはいかないけど、この三ヶ月ほど集中してやっているよ」

青山が小声で言ってくる。

颯人はもうこちらの声など聞こえていないというふうに、金型で固めていた飴を取り出している。

未羽はふと、疑問が浮かんだ。

「できあがったものは、どうするんですか？」

「捨てるよ」

声が出そうになり、あわてて口を押さえる。

「食べる目的のものじゃないし、そうするしかないからね」

「…………」

三ヶ月も続けているのなら、ものすごい量だろう。作っては捨て、作っては捨ての繰り返し。未羽は気が遠くなりそうだった。

颯人は樹脂の型からボール状に固まった飴を取り出し、小型のガスバーナーで炙る。

出来上がりの飴細工の華やかさとは結びつかない、地道な作業。

腕力と神経をすり減らす長時間の練習。日々の繰り返し。

でも、汗を浮かべている彼から、一生懸命さが伝わる。

なりたいものに向かう姿なのだと、未羽は感じた。

かっこいいと思った。

くすんでいた飴の球が、火で炙られ、見違えるようにきらきらと光る。

3

コンクール当日、未羽はモンスールガトーの勝手口をノックした。

ほどなくドアが開き、笑顔の青山が迎える。

「おはようございます、未羽ちゃん」

時刻は朝の一〇時。

「今日はありがとう。さ、入って」

中に通されると、すぐに厨房。

未羽の瞳は――作業台の上に吸い込まれた。

完成した飴細工《ピエスモンテ》がそびえ立っている。

優美な曲線を描く支柱に、鮮やかな色彩の魚が跳ね、繊細なリボンと先端のカールした蔓《つる》が躍動的に絡《から》んでいる。

練習で見たものとかなりの変更点があり、何より作品全体から「本番」という凄味《すごみ》が漂っていて……未羽は圧倒された。

作品の横で、颯人が腕組みをしながらこちらを見ている。ずっと作業していたのだろう。全身からかすかに疲労がにじんでいた。

「すごいね、これ」

末羽は声をかける。

「わたし素人《しろうと》だからわからないけど、すごい技術なんだって伝わってくる。オーラ出てるよ」

「当然だ」

不敵に言い切った。

その双眸《そうぼう》は強い輝きを揺るぎなく湛《たた》えている。

「必ず一位を取る」

あまりの自信に、末羽は本当に取ってしまうのではないかと思う。

「じゃあケースに入れようか」

青山が透明な立方体を持ってきた。高さが一メートルぐらいあるが、彼が持つとなんだか小さい。

「はい」

颯人の表情が引き締まる。

ケースを透明な上部と黒い底板に分け、二人が滑り止めの手袋をはめる。場の空気が秒単位で張りつめていく。

「じゃあ、僕は上を支えるから」

「はい」

まずは作品を底板に載せる。青山が支柱に指を添え、颯人が飴でできた底を持つ。

その瞬間、未羽は気づいた。

外側に向かって伸びた、細い蔓。ほんの少し触れただけで、絶対ぽきりと折れてしまう。あの大きな魚も、揺れたら落ちてしまうのではないか。

怖すぎる。

「……いくよ。せーのっ」

作品を持ち上げた。

そろりそろりと底板の真上に移動し、師弟がアイコンタクトを取ってゆっくり……下ろした。

二人が手を離し、静かに息をつく。

「…………」

未羽は、見ているだけで心臓がバクバクした。

次に二人は、透明なケースを上からかぶせにかかる。

未羽は気づく。ショーケースの幅と、蔓の位置がけっこうきわどい。油断したら当たりそう。

「有村さん、ケースに当たらないか後ろから見てて」

「……はいっ」

緊張のあまり、一瞬ふわっと目眩《めまい》がした。

未羽は死にそうだった。

レンタルしたワンボックスカーの後部スペースで、颯人とケースを両手で支えている。揺れを吸収するために、空気を三分の二ほど入れた車のタイヤチューブを置き、バランスのための発泡スチロールの板を載せ、その上にケースを置いていた。

会場である品川のホテルに向かって目黒通りを走っている。

「ブレーキ踏むよ」

運転席から青山の声が聞こえると、未羽は全身に緊張をみなぎらせ、ケースを凝視する。

向かいの颯人も同じく張りつめていた。

緩やかに車速が落ちていき、最後にわずかな反動をつけて止まる。

作品の外側の蔓が細かく揺れ……収まった。

二人同時に緊張を緩める。

出発してから、こんなことが何度も続いていた。

未羽は自分のメンタルがごりごりと削られているのを実感する。

「僕たちはだいぶ恵まれてる方だよ」

青山が言う。

「近いから三〇分くらいで行ける。遠方の人は、前の夜から何時間もかけて運んでくるからね」

「みんな車なんですか？」

「うん。飛行機や電車だとこれは運べないから。夜中、サービスエリアで休憩を挟みながら来るんだよ」

この緊張状態を一晩も……未羽は気が遠のく。

信号が青になり、再び発車する。

「道路の工事跡」

青山の声かけに、未羽はまた緊張する。ケースを支える手の甲が、力の入りすぎでぎしぎし痛い。

——終わったらケーキ！　終わったらケーキ食べ放題……！

それだけが未羽を支える光だった。

ホテルのパーキングに、車を止めた。

末羽はそっとケースから手を離し…………脱力した。

「……はぁぁぁ〜〜……」

壁にもたれかかる。最後の急な坂道は生きた心地がしなかった。

颯人も憔悴《しょうすい》したふうに背中を丸める。

「お疲れさま」

青山が振り向いてくる。

「じゃあ、あともうひとがんばりだ」

その微笑みが、悪魔に見えた。

「会場までの搬入。あそこに下っていく通路があるから」

正面入口から離れた、建物の右端を指さす。

ちょうど、そこに向かってコックコート姿の男性二人が作品を運んでいた。遠目にも
その足どりから緊張が伝わってくる。

「がんばって。僕はここで待ってるから」

「一緒に来ないんですか？」

末羽が素朴な疑問を口にすると、

「人前に出たくなくて」

青山が軽く笑う。

未羽はそこに、ほんのわずかな反応の遅れや歯切れの悪さを感じ取った。かといって追求するようなことでなく、

「行くぞ」

颯人に呼ばれ、気合を入れ直した。

そして作品を会場に向かって運ぶ。

駐車場を横切り、搬入口へ続く段差を慎重に下りていき、業者用らしき飾り気のない通路を抜け——

豪華な広間に出た。

企業のパーティーなどが行われていそうな、ふかふかの紅《あか》い絨毯《じゅうたん》の部屋。

その中央に、白いクロスを掛けられたテーブルがロの形に連結されており、すでにいくつもの作品が置かれていた。

まわりには参加者が散らばっており、みな緊張を漂わせている。ジュニア部門といえ上限は二五歳なので、ほとんどが大人。高校生は自分たちだけかもしれなかった。

新たに入ってきた颯人《ライバル》の作品に、いっせいに目を注いできた。

未羽はこわばる。

「大丈夫か」

颯人が声をかけてきた。

「う、うん」

「あと少しだ」

「うん」

展示台には番号札が貼《は》られており、未羽たちは受付で引いたものと同じ数字の場所へと向かっている。

白いテーブルに向かって一歩一歩。

しんどい。

ものすごくしんどい。

けど——彼の夢の手伝いができている、というやりがいがあった。

テーブルの直前まで来た。

「下のところ、気をつけろ。テーブルにぶつけることがあるって師匠が言ってた」

「う、うん」

「……せーの」

彼の声に合わせケースを持ち上げ、テーブルに——載せた。

彼が作品の前、横、後ろをチェックする。

その頬が、ほっと緩んだ。

未羽も、ほころぶ。

「はぁぁー……よかったね」

「ああ」

未羽はこのまま外にお茶でも飲みに行きたい気持ちだったけれど、颯人はあっという間に切り替えて、他の作品をチェックしだす。

だから未羽も、颯人を邪魔しないよう反対回りに作品をぷらぷらと見ていった。

どれも色鮮やかで、様々な趣向があった。花や、カエルや、フェアリーまでいた。

——かわいい。

——あ、これ好きだな。

素人目にもレベルの高さが伝わってくる。

でも、颯人の作品もまったく見劣りしない。彼のすごさを改めて感じたそのとき。

がしゃあん。シャンデリアでも落ちたような音がホールに響き渡った。

場にいた全員が振り向く。未羽は「何があった」という目で。それ以外の全員は——

「誰がやらかした」という目で。

その先では、今まさにテーブルに作品を載せようとしていたコックコートの男性二人が、時が止まったふうに立ちつくしている。

彼らの持つケースの底がテーブルに触れており、中の作品が、無残に崩れ落ちていた。

「そうか」

運転席の青山が、未羽の話を聞き終えてつぶやく。

「気の毒だけど……しょうがないね」

浮かべている表情は、会場にいた関係者たちと同じものだった。同情しつつも、はっきりと一線を引いている。

「そういう技術だった、ってことだから」

「そういう技術？」

「全体のバランスや接着の技術だ」

颯人が答える。

「それが甘いから、ちょっと当たっただけであんなに崩れてしまった」

ですよね、というふうに師を見た。青山はうなずき、こう言う。

「勝つ人はね、ちゃんと置くんだ」

その言葉には含蓄があった。実際にそこで戦って上り詰めた人の放つ真実味を、未羽は肌で感じた。

厳しい、勝負の世界なんだと。

「颯人、他の参加者の作品は見たね？」

「はい」

「どう思った？」

ルーフミラー越しに、弟子の表情をみつめる。

「さすがにレベルが高かったです。——でも」

まなざしを強くし、

「いけると思います」

断言した。

ここへ来る前と変わらない、瞳の強さ。自信に満ちたオーラ。

それを師匠は穏やかに受けとめ。

「颯人」

いつもと変わらない調子で、告げた。

「君は落選する」

言葉の意味が浸透するにつれ、車内の空気が凍りついていく。

未羽の耳の奥で、心臓の音がどくんどくんと聞こえ始めた。

「なぜなら」

声を失っている弟子に対し、青山は予言を与える賢者の面差しで伝える。

「今の君には、致命的に足りないものがあるからだ」

4

未羽は品川駅近くのマクドナルドにいた。

知らない土地でのファーストフードの安心感。

しかし今は、地獄のごとき空気を味わっている。

それは——向かいに座る颯人から醸《かも》し出されていた。

ビッグマックのLセットとハンバーガーをぺろりと平らげたあと、ひたすら難しい顔で黙り込んでいる。

店員含め、店内の女子たちがみな颯人に見とれていて、未羽は羨ましい彼女扱いなのだが、そんなことはどうでもよく、早くここから逃げたかった。

あのあとすぐ、青山は車で帰ってしまった。

『颯人をよろしく』

そんな言葉を未羽に残して。

「…………」

未羽は颯人と目を合わせないようにしつつ、セットのサラダをもそもそと青虫のごとく食《は》んでいる。

「……そんなはずはない」

ふいに颯人がつぶやいた。

「いくら師匠の言葉でも、今回は外れてる」

自分と対話するように目を伏せている彼の表情には、強い自信が変わらずあった。

そのまなざしが、ふいにこちらへ向く。

「有村はどう思う？」

「えっ⁉」

びくっと肩を震わせ、

「え、えーと……その……」

「やっぱりいい」

言って、頬杖《ほおづえ》をつき窓の外を見る。

審査結果の発表は、午後四時から。

――こんな空気で、あと四時間……。

未羽は途方に暮れる。

別行動をするという発想は、未羽にはなかった。

なぜなら青山に「よろしく」と言われてしまったから。素直で律儀《りちぎ》な性格なのである。

けれど何より、彼を支えるチームメイトの気持ちになっていたから。

とはいえ、お礼がケーキ食べ放題では、もはや釣り合わないと感じる。

――二回に増やしてもらおう。

未羽は決めた。


結果発表の一〇分前。

未羽たちは再び搬入口に入った。

通路の先にはすでに他の参加者たちが集まっていた。取材らしき記者たちもいる。

未羽たちはその最後尾に加わった。

会場へ続く扉は固く閉ざされている。あの向こうで今まさに、審査結果が出ているはずだ。

無言でいる人、知り合いと話して緊張を紛らわせている人、みな期待と不安を揺れる陰影のように浮かべている。

颯人も例外ではなかった。

超然と立っているようでいて、時おり陰影を浮かばせる。

発表が近づくにつれ、それは濃いものとなっていく。

未羽も緊張し、脚がむずむずとする。隣の颯人を見上げると、彼の頬からはっきりと焦燥がにじんでいた。

こんな彼を見るのは初めてで、胸が締めつけられる。

――優勝してるといいな。

彼の努力を間近で見てきた。一緒に作品を運んだ。そうなってほしいと、純粋に願った。

『君は落選する』

青山《かれ》さんはどうしてあんなことを言ったのだろう。

未羽は疑問に思う。なぜわざわざこのタイミングで弟子に言ったのか。

『今の君には、致命的に足りないものがあるからだ』

それは本当なのか。あるとすれば、一体なんなのか……。

「お待たせしました、これより審査結果の発表を行います」

係員が告げた瞬間、空気が変わった。

静の緊張から、動の緊張へ。

「みなさん落ち着いて、ゆっくり入場してください」

その言葉を合図に、扉が内側から開かれた。

参加者たちが続々と入場していく。

逸《はや》る空気。

未羽も会場に入っていく。

颯人の張りつめた顔を見上げながら。

部屋の様子は、出ていったときと同じに映った。テーブル上に参加者の作品《ピエスモンテ》が並べられている。

しかし近づいてみると、作品のネームプレートの横に審査結果が貼りつけられていた。

金賞、銀賞、銅賞。

――たしか『最優秀賞』。

それが貼られているものが、優勝作品だ。

未羽は歩きながらチェックしているが、まだそれが貼られた作品はない。

颯人の作品が近づいてきた。

鼓動が速くなる。

彼が一足早く、作品の前に辿《たど》り着いた。

遅れて、未羽も辿り着く。

ネームプレートを、見た。

その横には――――何も貼られていなかった。

優勝でも、金銀銅でもない。

落選だった。

5

未羽はインターホンを押した。

オートロックのない三階建てのマンション。

その一室が、颯人の住む家だった。

彼の見舞いに来た。

コンクールからの週明け、未羽は学校でなんとなく彼のクラスを見に行き——欠席であることを知った。

LINEを送っても未読のまま。不安になって青山に連絡を取ると、熱を出して寝込んでいるという。そして——

『放課後、ちょっと様子を見てきてくれないかな。颯人、今は一人暮らしでね』

というわけで、同じ最寄駅の反対側という意外に近かった彼の家へ赴いたのである。

呼び鈴を押して一分経っても応答がない。レンズが付いているので、こちらの顔は見えるはずだ。青山も連絡しておくと言っていた。

もう一度押そうとしたとき、スピーカーが入る。

『……本当に来たのか』

声が、明らかに重症だった。

『いいから、帰れ……』

「なに言ってんの、声めっちゃヤバいじゃん！」

颯人が咳《せ》き込む。

「ほら、開けて」

スピーカーの音が切れた。

それきり――何もない。

「開けて最上くん、いろいろ持ってきたから」

ドアをノックする。

しかしなんの音沙汰《おとさた》もない。未羽はだんだん不安になってきた。

「最上くん大丈夫？」

声を上げ、ドアを強く叩《たた》く。

「開けて早く！　ねえ最上く――」

開いた。

上下スエットの姿の颯人が、不機嫌な顔で未羽を見下ろしてくる。

「あ、よかった。あのね、お見舞い――」

ドスッ。脳天にチョップが落ちてきた。

「……うるさい」


中の設備は比較的新しく、二部屋以上はあった。今は一人暮らしだというが、別の住人が生活していた痕跡《こんせき》がある。

前を歩く颯人の足どりには、熱の患者特有の力のなさが漂っている。

「熱、何度あるの？」

「計ってない」

彼の部屋に通された。

六畳のフローリングで、家具はシンプル。机の棚にフランスっぽい洒落《しゃれ》た小物も置かれているが、一番目を引くのは本棚だった。

お菓子関連の書物はもちろん、画集や建築、ファッション誌、歴史、伝記、神話、詩集など様々なジャンルがあり、床にも平積みされている。

——すごい。読書家なんだ。

「じろじろ見るな」

「ご、ごめんなさい」

颯人が、掛け布団《ぶとん》のめくれたベッドに腰掛ける。

枕元《まくらもと》のボードに、ペットボトルの水とコップ、風邪薬が置かれていた。

彼の部屋のにおいが、なんだか気恥ずかしかった。

「はい、お見舞い」

未羽はドラッグストアのビニール袋を掲げる。

「冷えピタとか、ビタミンウォーターとか、ゼリー的なやつ。一応、レトルトのお粥《かゆ》も」

颯人が自分の袖《そで》に口を当てて咳をする。

「大丈夫?」

「……伝染《うつ》るから帰れ」

「あ、マスク持ってきてるから」

袋から取り出し、装着した。

「これで安心」

にこっと笑う。

「とりあえず、冷えピタ貼んなよ。貼ったげる」

「……自分でやる」

「じゃあ、はい」

渡すと、颯人がのろのろと開封する。いつもの手早い印象とはかけ離れていて、目許《めもと》せた。


が霞《かすみ》がかっていた。

「ごめん、ちょっと」

未羽は颯人の額に手を当てた。

「あつっ！　なにこれ!?　いいから寝なさい！」

未羽は颯人から冷えピタを奪い取って額に貼りつけ、お母さんのごとき勢いで横にさせた。

「……有村」

「あっそうだ！　その前に」

未羽は寝かせた颯人の上体をぐいっ！　と起こす。

「………………」

颯人は何か言いたげに睨みつけるが、本当に体力がないらしく、ため息をついた。

未羽は袋からドリンク剤を取り出し、キャップをきりっと回し開けた。

「ほら、飲んで。風邪のときは体力つけるしかないんだから」

「……オヤジ臭いな」

「パパのやり方なの。ドリンク剤とビタミン飲んで寝る！　って。でも効くよ？」

颯人は仏頂面《ぶっちょうづら》で、やけのように一気飲みした。

「よしよし。じゃあ次はこっち」

　未羽はビタミンウォーターをコップに注ぐ。

　それも飲んだあと、颯人は横になった。

「あと何かやることある？」

「……ない」

「あ、シンクに洗いもの溜《た》まってたでしょ。洗っとこうか？」

「いい。早く帰れ」

「でもすごい熱じゃん。熱計ろうよ。もしかしたら病院行った方がいいかもしれないし。体温計どこ？」

　未羽が腰を浮かせたとき、

「……何故《なぜ》そこまでする」

　彼の声が、ふいに硬くなる。

　振り向くと、見上げてくるまなざしがあった。

　猜疑《さいぎ》を満たした、ぞっとするほど冷ややかな光。

「え、何……？」

　未羽が戸惑うと、彼ははっとなって、気まずそうに顔を逸《そ》らす。

「なんでもない」

「何よ、言いたいことがあるなら言いなさいよ」

ぎこちない間が漂った。

やがて、彼が奥歯を嚙《か》んだふうに頰を締め、言った。

「……俺に親切にする女はみんな、見え透いた下心で近づいてくる奴《やつ》らばかりだった」

未羽はなにそれ、と思う。

「……わたしもそうだって言いたいの？」

声が硬くなっているのを自分で感じた。プライドが傷つけられた気がした。

「悪い」

彼は、すんなりと謝った。

「お前はそういうんじゃないよな」

素直に謝ったので、未羽は溜飲《りゅういん》を下げることにする。

認められて嬉《うれ》しくなったような気持ちは、さすがに抑えた。癪《しゃく》だ。

「まあ、大変なんだろうなって思うけど」

王子には王子の苦労があるということだろう。未羽も事件に巻き込まれて、その一端に触れた。

未羽はずっと思っていたことを聞く。

「……だから最上くんは女嫌いなの？」

颯人が振り向いてくる。

「露骨じゃん」

すると……颯人が呟き込みながら立ち上がる。

「ちょっ――」

未羽を手で制し、彼が本棚の奥から大判の冊子を持ってきた。

それは、小学校の卒業アルバムだった。

彼がページをめくって、開いた状態で未羽に渡してくる。

「……俺が写ってる」

クラスの紹介写真。『三組』と書かれた見開きページに、一人一人の顔写真が四角い区切りで並んでいる。

探すと、ほどなく『最上颯人』の名前をみつけた。

――え。

その写真の男の子は、はっきり言ってしまうと……「デブで不細工な子供」だった。

今の颯人と同一人物とは到底思えない。そう言われてよくよく検証したとき、かろうじて原型らしきものが見いだせるくらい。

未羽は、目の前の颯人を見る。

写真のあとだと、いっそう綺麗《きれい》に映った。奇跡のドキュメンタリーでも観《み》たような、よくぞこうなったという、文字どおりの変貌《へんぼう》。

「……この頃、俺は女子に嫌われていた」

彼がアルバムに視線を落としながら、淡々と口にする。

「何か話すだけで気持ち悪いと言われ、触った物はバイキン扱い。母親にすら嫌悪《けんお》されて、離婚したとき迷いなく親父《おやじ》に押しつけた」

その表情が見えない。

冬の陽はすっかり落ちて、窓は藍《あい》色の四角形。部屋は闇《やみ》が降り積もり濃く翳《かげ》っている。

暖房はかかっているが、未羽は肌寒さを覚えた。

「辛《つら》くはあったが、女が嫌いというのは、まだなかった」

未羽は瞬《まばた》きする。

では、何がきっかけだったというのか。

「中学になって、背が伸びた」

彼の声の調子が、変わっていく。

「そしたら勝手に痩《や》せていって——女たちの態度が、がらりと変わった」

冷たい。

「目が変わった。声が変わった。やたらと合わせてくるようになった。見え透いた親切をしてくるようになった。その中には小学生のとき俺にさんざんキモいと言っていた女子もいて、思考がまったく理解できなかった。そして……」

母親まで。

「俺の見た目が変わったとたん、しょっちゅう会いに来るようになった。気持ちの悪い声でべたべたしてくるようになった」

颯人が最後につぶやく。

……反吐《へど》が出る。と。

遠くからの電車の音が、夜の空気を渡ってかたかたと届いてくる。

末羽はあえてそれを破るように。

「……そっか」

声を出す。

謎《なぞ》が解けた。

だから彼は、女子を近づけない冷酷王子になったのだと。

末羽は再び、アルバムに目を落とす。暗くてぜんぜん見えなかった。

ぱっと明かりがつく。

彼がリモコンで室内灯をつけたのだ。

「ありがとう」

言って、白昼色に照らされたページを見る。

クラスの日常スナップ写真に、颯人が映っている。たしかにクラスの中心とはかけ離れたポジションであることが窺《うかが》えた。

でも——笑っていた。

それは卑屈なものではない、まっすぐな子供の笑顔だった。

「写真さ、いい顔してるよね」

未羽は目を細めて言う。

「最上くんは、この頃から強かったんだね」

そう。

そんな境遇だったというのに、こんな折れ目のない笑顔ができるのは、彼の中にある強さが、この頃からあったからだ。

ぜんぜん変わっていない。未羽にはそれがちょっと可笑《おか》しかった。

ひとしきり思って、なにげなく顔を上げると——

彼がこちらをみつめていた。

未羽と目が合ったとたん、逸らす。まるで隠し事がみつかったようなニュアンスで。

「なに？」

彼は答えず横になり、背を向ける。

「なによ……」

つぶやいたあと、スマホを見る。もう七時近い。

——そろそろ帰った方がいいな。

いとまを告げようとしたとき、

「有村」

「ん?」

「……俺に足りないものって、なんだと思う」

「え……?」

聞き返して、すぐ思い当たった。

『今の君には、致命的に足りないものがあるからだ』

青山の言葉。

「さっき師匠にそれが何か聞いたら、自分で気づかないと意味がないと言われた。……それと」

「それと?」

颯人が仰向《あおむ》けになる。

「俺はその答えをすでに一度、手にしたことがある——と」

天井をみつめながら、答えを探しているようだった。

その謎は、師が弟子に与えた試練なのだろう。

これまで未羽に冴《さ》えわたる推理を披露してきた彼にも、困難な謎として立ちふさがっている。

「……優勝作品、有村はどう思った？」

未羽は思い返す。

優勝したのは、未羽が会場で「好きだな」と感じたものだった。

「……わたしは好きだなって思った。なんとなくだけど」

天井を向く彼のまなざしが一瞬、強く瞠《みは》られ、集中した思考を漲《みなぎ》らせる。

だが、何もつかめなかったというふうに弛緩《しかん》して、塊の息を吐く。熱にうだる疲労が漂う。

「今は寝た方がいいよ」

「……寝れるか」

呻《うめ》くように返した。

未羽は思う。

「大変なんだね、パティシエって」

と。

「わたし、ぜんぜん知らなかった。最上くん見てて、ほんと思うよ」

「……そうだな。大変といえば、大変かもしれない」

やはりそうなのだ。

「でもやるんだね。やっぱりその、楽しい、から？」

「うまくいってないのに楽しいわけないだろ」

　バッサリ言った。

「……楽しくないの？」

「苦しいに決まってる」

　未羽は面食らう。夢を持ってる人は、みんなそんなことを言っていた気がするからだ。

楽しいからできる、がんばれる、と。

「じゃあ……なんでやるの？」

「やらずにはいられないからだ」

　すぐに返ってきた言葉の堅牢《けんろう》な質感に、未羽は息を飲む。

　彼がこちらを見てくる。

「世界一のパティシエになると決めてて、そこに向かわずにはいられないからだ」

　まっすぐで、揺るぎのないまなざし。

　彼と向き合いながら、未羽にはわからなかった。

　きつそうだと感じるし、羨《うらや》ましいとも感じるし、どちらとも違う何か熱いものが胸に
こみ上げてきたりもする。

　風邪がうつったのかな、とも思った。

6

土曜日だというのに、早く目が覚めた。

といっても一〇時前。

未羽は目覚めてすぐ、充電に差しておいたスマホを手に取り、

『おはよう。体調はどう？』

颯人にＬＩＮＥを送った。

あれから二日。やりとりで「だいぶよくなった」と書いていたが、昨日も学校は休んでいた。

窓の外はいい天気。

今日は二月の一三日で、明日がバレンタインという以外は普通の休日だ。

予定もないし、また見舞いにでも行ってみようか。そんなことをぼんやり思い、

――って、彼女じゃあるまいし。

未羽は首を左右に振る。

「……いやいや。なに意識してんだ」

独りごとを言って、枕に顔を伏せたとき――スマホが震えた。

青山からの着信だった。

「……もしもし？」

『おはよう。突然なんだけど、今日予定ある？』

「いえ、ないですけど」

『よかった。今から店に来てくれないかな？』

そう頼んでくる青山の声は、とても困っているふうだった。


「来てくれてありがとう、助かった」

コックコート姿の青山が、ほっとした笑みで歓迎してきた。

開店前の店内。手前のテーブルには、バレンタインのセットがどんとディスプレイされていた。

温かみと味のクオリティーを漂わせる優美な包装。見本のショコラや箱から美味《おい》しそうなオーラが漂っている。

これは自分用にも欲しい。未羽は思う。安い一〇〇〇円の方ならなんとか。

「それで、どうしたんですか？」

「うん、売り子——販売員をやってほしいんだ」

「え？」

「今日はバレンタインの前日で、しかも土曜日だから、お客様がたくさんいらっしゃるんだよ。颯人はまだ出てこれないみたいで、だから有村さんしかいないんだ」

「で、でも……わたし、こういうのやったことないんです」

「レジだけでいい。すぐ覚えられるから。もちろんバイト代も出すよ」

「…………」

未羽は迷いながら、ふと入口のドアを見た。ガラスの向こうで、客らしき女性がすでにちらほらと待っている。

未羽は、びびった。

「大丈夫だよ」

「青山さん……」

振り向くと、彼は持っていた紙袋からふりふりのエプロンを取り出す。

「制服は用意しておいたから」

「そうじゃないです！　ってなにそれ可愛《かわい》い！」

ツッコミを入れつつ、未羽はプレッシャーに迷う。青山は困り果てたふうに眉《まゆ》をハの字にする。

「だめかな？」

「だってわたし……」

「この大きい方のチョコもつけるから」

「やります」

そういうことになった。


「ありがとうございましたっ、こちらで少々お待ちくださいっ！」

未羽はレジで頭を下げ、隣を指し示す。

「二点で、三二四〇円になりますっ」

列を作った客の会計を、休む間もなく続ける。

後ろの台では、青山がショコラの箱を手際《てぎわ》よく紙袋に入れ、

「お待たせしました。ありがとうございました」

客に手渡していく。

さながら戦場だった。

――バレンタインのケーキ屋さんって、こんなに混むんだ……！

この時期にパティスリーを訪れたことのない未羽には驚きだった。

入口から客が絶えることなく入ってきて、一〇〇〇円、二〇〇〇円のセットが飛ぶよ

うに売れていく。

世間にはチョコを渡す相手のいる人がこんなにもいるのかと、圧倒された。

「六〇円のお返しです。こちらで少々お待ちください！」


午後の二時には完売し、ドアの前に『CLOSE』の札が掛けられた。

「お疲れさま」

「はいー……」

未羽はうーんと伸びをする。まだ気を張っているから平気だが、あとでどっと疲れがきそうだ。

「ところで、颯人の容態はどう？」

青山がそんなことを聞いてきた。

「だいぶよくなったみたいですけど……連絡取ってるんじゃ？」

「メッセージで少し。あんなふうに言った手前、電話とかは気まずくてね」

苦笑いする。

「気まずいですか」

彼のような大人でも、そんなふうに感じるのか。

「でも、身をもって気づかないといけない大事なことだから」

そう言った彼は、師の顔をしている。

「それが何かは……教えてもらえない、ですよね？」

「ヒントはあげたんだけど」

「一度手にしたことがある……っていう？」

すると青山は意外そうに、

「颯人、相談したんだ」

「？　はい」

「へえ」

楽しそうに一人うなずく。

「実はもう一つ、特大のヒントを出したんだよ」

「え、なんですか？」

「有村さんに、見舞いに行ってもらったよね」

「はい」

「気づくと思ったんだけどなぁ」

首を傾《かし》げる。弟子の鈍さに手を焼いているというふうに。

なんだろう。未羽もわからない。自分が見舞いに行ったことが、なんのヒントになるのか。

「そうだ、遅いけどお昼ごはん食べようか。よかったら僕が作るよ」

「えっ、いいんですか？」

世界一のパティシエが作るごはんって、どんなだろう。未羽は期待が膨らむ。

「もちろん。じゃあ、着替えて待ってて」

というわけで、未羽は厨房《ちゅうぼう》を抜け、裏手の更衣室に入った。

更衣室といっても申し訳程度のスペースで、段ボールが積まれたり、半ば物置にもなっている。

スツールに腰掛け、ひと息ついた。

とたん、じわりと疲れがにじんでくる。

――ちょっと休もう……。

スマホを軽くチェックし、続いて机に置かれていたケーキが表紙の雑誌をぺらぺらめくる。業界誌らしく、大会のレポートや見事にデコレーションされたケーキの写真が載っていた。

――。

とあるページに、目が留まる。

「あの、青山さん」

末羽は厨房へ行き、肉の下ごしらえをしていた青山に言った。

「お願いがあるんですけど」

7

未羽は厨房で作業を終えた。

「ありがとうございます、青山さん」

「これくらい。今日はほんとに助かったよ、ありがとう」

「いえ、なんか面白かったです」

「よかったらうちでバイトする？　人手が足りなくなってきたから、大歓迎だよ」

「えっ」

このお店でアルバイト。

未羽の脳裏にとっさに浮かんだのは「試作のケーキとか食べれるかもしれない」ということ。それは怖《おそ》ろしく魅力的なのだけれど。

――最上くんと一緒に働くってこと……？

なんだろう。いやではないが、妙に緊張する。

「えーと、考えときます」

と、保留にした。

「じゃあ着替えてきますね」

「うん。——ああ、それは表のケースに入れておくといいよ」

「いいんですか？　じゃあ、お言葉に甘えて」

末羽は、できあがったそれを持って、店頭のショーケースに向かう。

厨房の扉を抜けると、店内は夕暮れの風情《ふぜい》だった。

表の窓から差し込む夕陽が木の調度を淡く照らし、時の流れが止まったような静けさを醸している。

床には、ドアのガラスから落ちる長方形の光が浮かんでいた。

その光の中に、人の影がかすめる。

視線を上げると——颯人がいた。

ドアのガラスから店内をそっと覗《のぞ》き込んでいる。

末羽と目が合った。

瞬間、彼はばつの悪い表情を浮かべ、去る。

末羽は追った。ドアを開け、

「最上くん！」

彼の背に呼びかけ、駆け寄る。

颯人が振り向き——「何それ」という目をした。

末羽は、はっと自分の姿を見下ろす。フリフリのエプロンだった。恥ずかしい。

「こ、これは青山さんが……——最上くんが来ないから、わたしがチョコ売ったんだからね！」

逆ギレ気味に言うと、彼は、

「……そうか」

かすかにうつむく。後ろめたさは感じているようだ。

近くの小学校から、チャイムの音が静かに響いてくる。

景色の色は穏やかだが、やはり空気は冷たい。未羽の服装ではかなり寒かった。

「熱、もういいの？」

「ああ。昼前には完全に」

「じゃあ来ればよかったのに」

今日が忙しい日だということはわかっていただろう。

すると彼は、難しい表情で首の後ろを押さえる。

「……答えをみつけるまで」

「え？」

「師匠に言われたことの答えをみつけるまでは、店の門をくぐれない」

その瞳《ひとみ》には、惑いと、弱さと——頑《かたく》なこだわり。

未羽は、あっけにとられる。

彼が真剣なのは充分伝わるが、その意地の張り方に微笑《ほほえ》ましくなってしまう。

——なんか、少年みたい。

少年なのだけれど。

「なんだ」

颯人が敏感に反応して、軽く睨《にら》んでくる。

「う、ううん」

そのとき、未羽ははたと思い出す。

「そうだ。待ってて、すぐ戻ってくるから」

あそこに座ってて。桜並木のベンチを指さし、踵《きびす》を返す。

「おい——」

「ちゃんと待っててね！」

怪訝《けげん》そうな颯人に念押しし、未羽は店へと引き返す。


ベンチに座る、彼の広い背中が見えた。

未羽は荷物を後ろ手に持ちつつ、桜並木に入る。初めてモンスールガトーに来た日に迷い込んだ場所だ。

八雲《やくも》の町を貫く並木道は、あいかわらず高級住宅街らしい静けさがある。

「お待たせ」

彼が振り向いてきた。

「最上くん、確認なんだけど」

「……なんだ」

「今日は二月の一三日だよね」

「ああ」

「バレンタインデーじゃない」

「……？」

「そこは踏まえておいてね」

「なんなんだ？」

「はい」

未羽は、後ろ手に持っていた白い箱を差し出す。

「これあげる」

颯人は、展開がつかめないといった表情で受け取る。

「開けてみて」

彼が開ける。その手つきはとても慣れていた。なぜならそれは、彼が働く店のケーキ箱だったから。

中に入っているのは――表面にココアパウダーをまぶし、クリームと焦《こ》げ茶色の生地を重ねた馴《な》染《じ》み深いケーキ。

ティラミス。

「お店にあった雑誌に書いてたの」

未羽は言う。

「ティラミスには『私を元気にして』って意味があるんだって。食べてテンション上げる、みたいな、たしかそんな感じ。だからさ……」

未羽は髪を軽くさわり、

「今の最上くんには、ぴったりかなって」

彼がこちらを見てくる。

「……作ったのか」

「うん。今日持っていこうと思ってたんだけど、ちょうどよかった」

未羽は気恥ずかしさを感じながらも、きちんと彼に向き直って、励ます。

「いろいろあると思うけど、それ食べて元気出しなよ」

＊＊＊

颯人はその瞬間、答えがわかった。

師匠に投げかけられた謎。

自分に致命的に足りないものが、なんだったのか。

「ほら、ちょっと食べてみてよ。青山さんに教えてもらったから、それなりのはずだよ」

ヒントは、目の前にあった。

そしてたしかに自分は一度、その答えを手にしたことがあったのだ。

ショートケーキ。

以前、未羽に作ったあのショートケーキは、彼女が食べやすいように、彼女が美味しいと感じるように……そこに集中して作ったケーキ《作品》だった。

対して、コンクールに出した作品はどうだったか。

〝俺の凄《すご》さを見せつけてやる〟

そんなふうに作ったものではなかったか。

『わたしは好きだなって思った』

彼女の、優勝作品についての言葉を思い出す。

たしかに審査後、会場に入ってきた参加者の身内や見学者たちは、あの作品を見るとき「おっ」と華やいだ表情をしていた。自分の作品を見るときにはそんな反応はなかった。それはずっと引っかかっていた。

その差がどこにあったのか――ようやく理解した。

「フォークもちゃんと持ってきたんだよ。はい」

隣で屈託なく笑う彼女。

彼女は、落ち込む相手を元気づけようとこれを作った。自分の腕を誇るためでなく。喜ばせるために。

自分の作品に致命的に足りなかったもの。

それは、審査員や、見学者《ギャラリー》たちや、そばにいる誰かを喜ばせようとすること。そうしたいと思うこと。

優勝者のように。そして――

ここにいる、彼女のように。

Épilogue

「どうしたの？」

未羽が聞くと、彼ははっとしたように、

「なんでもない」

フォークを受け取る。

そしてティラミスを切り分け、大口を開けて頬張った。

いつもながらのダイナミックな咀嚼《そしやく》。

「……どう？」

未羽はおずおずと、不安とほんの少しの期待を込めて聞く。

「美味しい？」

「美味しくはない」

驚きのバッサリ感だった。

彼らしいと脱力していると、

「……だが、手作り感はある」

言いながら、もう一口食べた。

未羽はひとつ息をつき、隣に座った。

「ティラミスを直訳すると『私を上に引きあげて』という意味になる」

彼がつぶやく。

「世界一を目指す俺には、ぴったりだな」

しれっと言った彼の顔は、あきれるほどの自信に溢《あふ》れ、堂々としている。

すっかりいつもどおりになった。

「わたしも食べる」

未羽はポケットからもう一本のフォークを取り出す。最初からそのつもりであった。

フォークで切り分け、初めて自作したティラミスを食べた。

チーズを含んだこくのあるクリームと、エスプレッソを吸ったほろ苦いスポンジと、ココアパウダーの風味が口の中で溶け合う。

——美味しいじゃん。

たしかにお店に出せるかと聞かれれば微妙だが、自分で作ったものは愛着が湧《わ》く。

そのとき、未羽はぶるりと体を震わせた。ベンチに座っているうち、冷気が芯《しん》に染《し》みてきた。

「そんな格好してるからだ」

颯人が着ていたコートを脱ぐ。

「い、いいよ大丈夫！　最上くん病み上がりなんだし」

「黙れ」

めんどくさそうに言って、コートを未羽の肩にかけてきた。

「……あ、ありがとう」

彼の体温と、部屋のにおいがした。

照れるやら何やらで、寒さも忘れてじんわりうつむく。

「有村」

呼ばれて振り向くと、彼は言葉を探すふうなぎこちない間を置いて、こう言った。

「ごちそうさま」

「おそまつさまでした」

未羽は応《こた》え、小さく笑う。

彼が上を向いている。

それは、いつものことだ。

隣にいるとよくわかる。彼はいつも、顎《あご》を少しだけ上にあげている。それは普段の姿勢で、自然とそうなっている。

目指すものがあるからだろう、と未羽は思う。その先にある夢を、無意識に見上げているのだと。

未羽も同じようにしてみた。

淡い夕暮れに浮かぶ、桜の枝が見えた。

花も葉もない黒い枝は寂しく、細い梢《こずえ》は凍えて折れそうなほど頼りない。

けれど——。

少し目をこらすとそこには、春を待つ小さな蕾《つぼみ》がいくつもいくつも、ついている。

END

ティラミス

1990年頃日本に上陸し、大ブームを巻き起こしたケーキ。
三〇代以上の世代は、初めて食べた日のことを思い出すかもしれないし、
それ以下の世代は「バブル」という歴史のイメージを浮かべるかもしれない。
日本人にとって、特別な存在感を持つケーキの一つと言える。
近年生まれたケーキにも関わらず発祥は諸説あるが、その一つとして、
1930年代イタリアの娼館で働く女性たちが作っていた
デザート《ドルチエ》だというものがある。
だとすれば『ティラミス《Tirami su!》(私をアゲて!)』という名は、
女子校トークのノリで大笑いとともに生まれたのだろう。
ネットショップの『ティラミスヒーロー』などでお求めになれる。

【取材協力】
内海会
L'essentielle（茗荷谷）

＊

【章末ケーキイラスト】
中原薫

本書は新潮文庫のために書き下ろされた。

竹宮ゆゆこ著

知らない映画のサントラを聴く

錦戸枇杷。23歳（かわいそうな人）。そんな私に訪れたコレは、果たして恋か、贖罪か。無職女×コスプレ男子の圧倒的恋愛小説。

雪乃紗衣著

レアリアⅠ

長年争う帝国と王朝。休戦派の魔女家の少女は帝都へ行く。破滅の〝黒い羊〟を追って――。世代を超え運命に挑む、大河小説第一弾。

雪乃紗衣著

レアリアⅡ
―仮面の皇子―

開戦へ進む帝都。失意のミレディアはアリルと束の間の結婚生活を過ごす。明かされる少女の罪と、少年の仮面の下に隠された真実！

河野裕著

いなくなれ、群青

11月19日午前6時42分、僕は彼女に再会した。あるはずのない出会いが平坦な高校生活を一変させる。心を穿つ新時代の青春ミステリ。

河野裕著

その白さえ嘘だとしても

クリスマスイヴ、階段島を事件が襲う――。そして明かされる驚愕の真実。『いなくなれ、群青』に続く、心を穿つ青春ミステリ。

相沢沙呼著

スキュラ&カリュブディス
―死《タナトス》の口吻《くちづけ》―

初夏。街では連続変死事件が起きていた。千切れた遺体。流通する麻薬。恍惚の表情で死ぬ少女たち。背徳の新伝奇ミステリ。

知念実希人著

天久鷹央の推理カルテ

お前の病気《ナゾ》、私が診断してやろう――。河童、人魂、処女受胎。そんな事件に隠された〝病〟とは？　新感覚メディカル・ミステリー。

知念実希人著

天久鷹央の推理カルテII
―ファントムの病棟―

毒入り飲料殺人。病棟の吸血鬼。舞い降りる天使。事件の〝犯人〟は、あの〝病気〟……？　新感覚メディカル・ミステリー第2弾。

知念実希人著

スフィアの死天使
―天久鷹央の事件カルテ―

院内の殺人。謎の宗教。宇宙人による「洗脳」。天才女医・天久鷹央が〝病〟に潜む〝謎〟を解明する長編メディカル・ミステリー！

神西亜樹著

坂東蛍子、日常に飽き飽き
新潮nex大賞受賞

その女子高生、名を坂東蛍子という。容姿端麗、学業優秀、運動万能ながら、道を歩けば事件に当たる、疾風怒濤の主人公である。

神西亜樹著

坂東蛍子、屋上にて仇敵を待つ

体育祭。肝試し。学校占拠事件。今日も今日とて坂東蛍子の〝日常〟には事件が目白押し。疾風怒濤の女子高生譚第二弾、堂々降臨。

神西亜樹著

坂東蛍子、星空の下で夢を語る

超ウィザード級ハッカーからの殺害予告。失われる記憶。再び起こる事件。最大の危機に蛍子は……？　疾風怒濤の女子高生譚、完結。

七尾与史著

バリ3探偵 圏内ちゃん

圏外では生きていけない。人との会話はすべてチャット……。ネット依存の引きこもり女子、圏内ちゃんが連続怪奇殺人の謎に挑む！

七尾与史著

バリ3探偵 圏内ちゃん
―忌女板小町殺人事件―

ネットのカリスマ圏内ちゃんが、連続殺人事件の解明に挑む！　ドS刑事・黒井マヤとの推理対決の果て、ある悲劇が明らかに――。

太田紫織著

オークブリッジ邸の笑わない貴婦人
―新人メイドと秘密の写真―

派遣家政婦・愛川鈴佳、明日から十九世紀に行ってきます――。英ヴィクトリア朝の生活に焦がれる老婦人の、孤独な夢を叶える為に。

瀬川コウ著

謎好き乙女と奪われた青春

恋愛、友情、部活？　なんですかそれ。クソみたいな青春ですね――。謎好き少女と「僕」が織りなす、新しい形の青春ミステリ。

瀬川コウ著

謎好き乙女と壊れた正義

消えた紙ふぶき。合わない収支と不正の告発。学園祭で相次ぐ〝事件〟の裏にはある秘密が……。切なくほろ苦い青春ミステリ第2弾。

青柳碧人著

ブタカン！
～池谷美咲の演劇部日誌～

都立駒川台高校演劇部に、遅れて入部した美咲。公演成功に向けて、練習合宿時々謎解き、舞台監督大奮闘。新☆青春《ブカツ》ミステリ始動！

篠原美季著

迷宮庭園

—華術師 宮籠彩人の謎解き—

宮籠彩人は、花の精と意思疎通できる能力を持つ。彼が広大な庭から選ぶ花は、その人の運命を何処へ導くのか。鎌倉奇譚帖開幕！

篠原美季著

雪月花の葬送

—華術師 宮籠彩人の謎解き—

しんしんと雪が降る日、少女が忽然と消えた。事故？誘拐？神隠し？ 警察には解明できない謎に「華術師」が挑む新感覚ミステリー！

篠原美季著

花想空間の宴

—華術師 宮籠彩人の謎解き—

「華術師」を巡る血なまぐさい事件で、彩人が容疑者に——多重に仕掛けられた「嘘」から、ついに華術師の「真実」が浮かび上がる。

九頭竜正志著

さとり世代探偵のゆるやかな日常

ノリ押し名探偵と無気力主人公が遭遇する休講の真相、孤島の殺人、先輩の失踪。イマドキの空気感溢れるさとり世代日常ミステリー。

榎田ユウリ著

ここで死神から残念なお知らせです。

「あなた、もう死んでるんですけど」——自分の死に気づかない人間を、問答無用にあの世へと送る、前代未聞、死神お仕事小説！

秋田禎信著

ひとつ火の粉の雪の中

鬼と修羅の運命を辿る、鮮烈なファンタジー。若き天才が十代で描いた著者の原点となる幻のデビュー作。特別書き下ろし掌編を収録。

小川一水著
こちら、郵政省特別配達課（1・2）
家でも馬でも……危険物でも、あらゆる手段で届けます！　特殊任務遂行、お仕事小説。特別書下し短篇「暁のリエゾン」60枚収録！

仁木英之著
僕僕先生　零
遥か昔、天地の主人が神々だった頃のお話。世界を救うため、美少女仙人×ヘタレ神の冒険が始まる。「僕僕先生」新シリーズ、開幕。

水生大海著
消えない夏に僕らはいる
5年ぶりの再会によって、過去の悪夢と向き合う少年少女たち。ひりひりした心の痛みと、それぞれの鮮烈な季節を描く青春冒険譚。

水生大海著
君と過ごした嘘つきの秋
散乱する「骨」、落下事故——十代ゆえの鮮烈な危うさが織りなす事件の真相とは？　風見高校5人組が謎に挑む学園ミステリー。

朝井リョウ・飛鳥井千砂・越谷オサム・坂木司・徳永圭・似鳥鶏・三上延・吉川トリコ著
この部屋で君と
腐れ縁の恋人同士、傷心の青年と幼い少女、妖怪と僕!?　さまざまなシチュエーションで何かが起きるひとつ屋根の下《ふたりぐらし》アンソロジー。

最果タヒ著
空が分裂する
かわいい。死。切なさ。愛。中原中也賞詩人と萩尾望都ら二十一名の漫画家・イラストレーターが奏でる、至福のイラスト詩集。

里見 蘭著

大神兄弟探偵社

気に入った仕事のみ、高額報酬で引き受けます――頭脳×人脈×技×体力で、悪党どもをとことん追いつめる、超弩級ミッション！

里見 蘭著

暗殺者ソラ
―大神兄弟探偵社―

悪党と戦うのは正義のためではない。気に入った仕事のみ高額報酬で引き受ける、「自己満足探偵」4人組が挑む超弩級ミッション！

三國青葉著

かおばな剣士妖夏伝
―人の恋路を邪魔する怨霊―

将軍吉宗の世でバイオテロ発生！ ヘタレ剣士右京が活躍する日本ファンタジーノベル大賞優秀賞『かおばな憑依帖』改題文庫化！

堀川アサコ著

ゆかし妖《あやか》し

京随一の遊女を殺めたのは、死んだ女の怨霊か？ 十年前に捨て去られた恋が招いた悲劇とは――幽霊嫌いの龍雪が怪事の謎に挑む！

伊与原 新著

蝶が舞ったら、謎のち晴れ
―気象予報士・蝶子の推理―

遠い夏の落雷が明かす愛、寒冷前線が繋ぐ友情。予報嫌いの美人気象予報士が秘密の想いを天気図で伝える、〝心が晴れる〟ミステリー。

森川智喜著

未来探偵アドのネジれた事件簿
―タイムパラドクスイリ―

23世紀からやってきた探偵アド。時間移動装置を使って依頼を解決するが未来犯罪に巻き込まれて……。爽快な時空間ミステリ、誕生！

島田荘司著

ロシア幽霊軍艦事件

—名探偵 御手洗潔—

箱根・芦ノ湖にロシア軍艦が突如現れ、一夜で消えた。そこに隠されたロマノフ朝の謎……。御手洗潔が解き明かす世紀のミステリー。

島田荘司著

御手洗潔と進々堂珈琲

京大裏の珈琲店「進々堂」。世界一周を終えた御手洗潔は、予備校生のサトルに旅路の物語を語り聞かせる。悲哀と郷愁に満ちた四篇。

島田荘司著

セント・ニコラスの、ダイヤモンドの靴

—名探偵 御手洗潔—

教会での集いの最中に降り出した雨。それを見た老婆は顔を蒼白にし、死んだ。奇妙な行動の裏には日本とロシアに纏わる秘宝が……。

神永学著

革命のリベリオン

—第Ⅰ部 いつわりの世界—

人生も未来も生まれつき定められた〝DNA格差社会〟。生きる世界の欺瞞に気付いた時、少年は叛逆者《リベリオン》となる——壮大な物語、開幕！

神永学著

革命のリベリオン

—第Ⅱ部 叛逆の狼煙—

過去を抹殺し完全なる貴公子に変身したコウは、人型機動兵器《リベリオン》を駆る〝仮面の男〟として暗躍する。革命の開戦を告ぐ激動の第Ⅱ部。

河端ジュン一著
コースケ原作

GANGSTA.

—オリジナルノベル—

「あと3年匿って」死にかけの少女は便利屋《ヤツら》にそう依頼した。彼女の真意に気づいた時、運命に絡めとられた男たちの闘いが始まる！

法条遥著　忘却のレーテ

記憶消去薬「レーテ」の臨床実験中、参加者が目にした死体の謎とは……忘却の彼方に隠された真実に戦慄走る記憶喪失ミステリ！

杉江松恋著
神崎裕也原作　ウロボロス ORIGINAL NOVEL —イクオ篇・タツヤ篇—

一つの事件が二つの顔を覗かせる。刑事イクオが闇の相棒竜哉と事件の真相に迫る。人気コミックスのオリジナル小説版二冊同時刊行。

杉江松恋著
神崎裕也原作　ウロボロス ORIGINAL NOVEL —署長暗殺事件篇—

大学建設反対と日韓の民族問題が絡むデモ中に署長が暗殺された。容疑者は竜哉!? すれ違う〝二匹の龍〟は事件の真相を暴けるのか。

円居挽著　シャーロック・ノート —学園裁判と密室の謎—

退屈な高校生活を変えた、ひとりの少女との出会い。学園裁判。殺人と暗号。密室爆破事件。いま始まる青春×本格ミステリの新機軸。

谷川流著　絶望系

助けてくれ——。きっかけは、友人からの電話だった。連続殺人。悪魔召喚。そして明かされる犯人は？　圧巻の暗黒ミステリ。

新潮社
ストーリーセラー
編集部編　Story Seller annex

有川浩、恩田陸、近藤史恵、道尾秀介、湊かなえ、米澤穂信の六名が競演！　物語の力にどっぷり惹きこまれる幸せな時間をどうぞ。

新潮文庫最新刊

太田紫織著
オークブリッジ邸の笑わない貴婦人2
—後輩メイドと窓下のお嬢様—
十九世紀英国式に暮らすお屋敷で迎えた夏。メイドを襲うのは問題児の後輩、我儘お嬢様に、過去の〝罪〟を知るご主人様で……。

梨木香歩著
エストニア紀行
—森の苔・庭の木漏れ日・海の葦—
郷愁を誘う豊かな自然、昔のままの生活。被支配の歴史残る都市と、祖国への静かな熱情。北欧の小国を真摯に見つめた端正な紀行文。

山田太一著
月日の残像
小林秀雄賞受賞
松竹大船撮影所や寺山修司との出会い、数々のドラマや書物……小林秀雄賞を受賞した脚本家・作家の回想エッセイ、待望の文庫化！

椎名誠著
殺したい蕎麦屋
殺したいなんて不謹慎？　真実のためならかまうものか!!　蹴りたい店、愛しい犬、忘れられない旅。好奇心と追憶みなぎるエッセイ集。

群ようこ著
おとこのるつぼ
同僚総スカンでも出世するパワハラ男の謎、陰気に巻き込むハゲ男のはた迷惑等々。珍キャラ渦巻く男世界へ誘う爆笑エッセイ。

大貫妙子著
私の暮らしかた
葉山の猫たち。両親との別れ。背すじがピンとのびた、すがすがしい生き方。唯一無二の歌い手が愛おしい日々を綴る、エッセイ集。

新潮文庫最新刊

木村藤子著
すべての縁を良縁に変える51の「気づき」
これまでの縁を深め、これから結ぶ縁を良縁にするために。もっと幸せになる、51の小さな気づき。青森の神様が教える幸せの法則。

御手洗瑞子著
ブータン、これでいいのだ
社会問題山積で仕事はまったく進まないのに、なぜ「幸せの国」と呼ばれるのか――ブータン政府に勤務した著者が綴る、彼らの幸せ力。

読売新聞政治部著
「日中韓」外交戦争
狡猾な手段を弄しアジアの覇権を狙う中国。大統領自らが反日感情を露わにする韓国。風雲急を告げる東アジア情勢を冷静に読み解く。

清水潔著
殺人犯はそこにいる
―隠蔽された北関東連続幼女誘拐殺人事件―
新潮ドキュメント賞・日本推理作家協会賞受賞
5人の少女が姿を消した。冤罪「足利事件」の背後に潜む司法の闇。「調査報道のバイブル」と絶賛された事件ノンフィクション。

柳田国男著
遠野物語
日本民俗学のメッカ遠野地方に伝わる民間伝承、異聞怪談を採集整理し、流麗な文体で綴る。著者の愛と情熱あふれる民俗洞察の名著。

村上春樹文
大橋歩画
村上ラヂオ3
―サラダ好きのライオン―
不思議な体験から人生の深淵に触れるエピソードまで、小説家の抽斗《ひきだし》にはまだまだ話題がいっぱい！「小確幸」エッセイ52編。

デザイン　川谷康久（川谷デザイン）

ケーキ王子《おうじ》の名推理《スペシャリテ》

新潮文庫　な－93－1

平成二十七年十一月　一　日　発　行
平成二十八年　五　月二十五日　十　刷

著　者　七《なな》月《つき》隆《たか》文《ふみ》

発行者　佐藤隆信

発行所　株式会社　新潮社
郵便番号　一六二―八七一一
東京都新宿区矢来町七一
電話　編集部（〇三）三二六六―五四四〇
　　　読者係（〇三）三二六六―五一一一
http://www.shinchosha.co.jp

価格はカバーに表示してあります。

乱丁・落丁本は、ご面倒ですが小社読者係宛ご送付ください。送料小社負担にてお取替えいたします。

印刷・錦明印刷株式会社　製本・錦明印刷株式会社

ISBN978-4-10-180050-9 C0193